OS FUTEBOLÍSSIMOS

O MISTÉRIO DOS ÁRBITROS ADORMECIDOS

Roberto Santiago

Ilustrações de Enrique Lorenzo

Tradução Paloma Vidal

Título original: *Los Futbolísimos: El misterio de los árbitros dormidos*
© Roberto Santiago, 2013 (texto) e Enrique Lorenzo, 2013 (ilustrações)
© Ediciones SM, 2013
Impresores, 2
Urbanización Prado del Espino
28660 Boadilla del Monte (Madri)
www.grupo-sm.com

Coordenação editorial: Graziela Ribeiro dos Santos
Assistência editorial: Olívia Lima

Preparação: Marcia Menin
Revisão: Carla Mello Moreira

Edição de arte: Rita M. da Costa Aguiar
Caligrafia: Robson Mereu
Produção industrial: Alexander Maeda
Impressão: Bartira

Dados Internacionais de Catalogação na Publicação (CIP)
(Câmara Brasileira do Livro, SP, Brasil)

Santiago, Roberto
  Os Futebolíssimos : O mistério dos árbitros adormecidos / Roberto Santiago ; ilustrações Enrique Lorenzo ; tradução Paloma Vidal.
-- São Paulo : Edições SM, 2017.

  Título original: Los Futbolísimos: El misterio de los árbitros dormidos.
  ISBN: 978-85-418-1814-8

  1. Ficção - Literatura infantojuvenil
I. Lorenzo, Enrique. II. Título.

17-05067   CDD-028.5

Índices para catálogo sistemático:
  1. Ficção : Literatura infantojuvenil 028.5
  2. Ficção : Literatura juvenil 028.5

1ª edição novembro de 2017
8ª impressão 2024

Todos os direitos reservados à
SM Educação
Avenida Paulista 1842 – 18°Andar, cj. 185, 186 e 187 – Cetenco Plaza
Bela Vista 01310-945 São Paulo SP Brasil
Tel. (11) 2111-7400
atendimento@grupo-sm.com
www.smeducacao.com.br

1

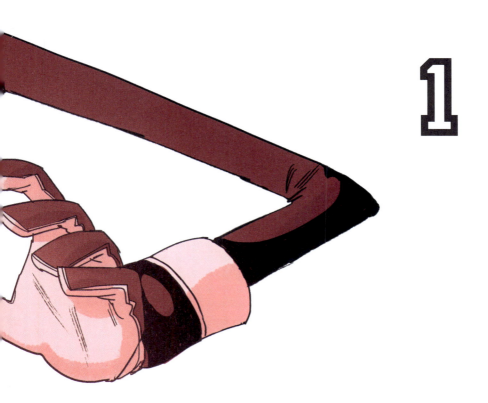

Eu me chamo Francisco Garcia Casas. Acabo de fazer onze anos e vou bater o pênalti mais importante da história do Soto Alto.

É sábado de manhã.

Faz muito calor.

Ponho a bola bem na marca do pênalti.

Estou diante do goleiro.

Olho para ele fixamente.

É um garoto muito alto e bem louro. Está usando um boné e uma roupa laranja que pode ser vista a quilômetros de distância.

Ele me olha de volta. Desafiante. Como se estivesse dizendo: "Bata, se tiver coragem".

Ouço então o rugido das arquibancadas. Há mais de mil pessoas gritando. Tremulando bandeiras.

Quase todos os habitantes do vilarejo vieram.

E eles dependem de mim.

Nunca tanta gente compareceu a um jogo infantil do Campeonato Interescolar de Futebol 7.

Mas este não é um jogo qualquer.

É o último da competição.

Aconteceu tanta coisa nessas três semanas que também há muitos jornalistas, câmeras de tevê e fotógrafos.

E aqui estou eu.

Pronto para bater o pênalti.

Olho para o árbitro.

Espero que não aconteça nada de estranho com ele.

E aí observo meus colegas de time.

Todos parecem muito nervosos. Voltam-se para o outro lado. Ninguém se atreve a me dizer nada, nem sequer me olham.

Bem, ninguém exceto Helena, que sorri para mim e faz um aceno com a cabeça. Talvez seja a única a acreditar que vou acertar.

Este ano eu perdi cinco pênaltis no campeonato.

Certamente é um recorde: cinco pênaltis perdidos.

Ainda que nenhum fosse tão importante como o de hoje.

Eu mesmo não tenho certeza se quero bater esse pênalti decisivo.

Mas não tenho outra opção.

Sou o centroavante.

Tenho que batê-lo.

E preciso fazer o gol.

Foi uma luta chegarmos até aqui.

Se eu falhar, vamos perder algo muito mais importante que uma partida.

Nosso time pode acabar.

Dito assim, não sei como vai soar. Mas é a real. Se eu falhar, é muito provável que o Soto Alto deixe de ser um time de futebol.

Por isso, é melhor que eu marque esse gol.

Cruzo o olhar com o da minha mãe, que está sentada no banco.

Ela não é nossa treinadora, mas hoje está no banco porque aconteceu um monte de coisas estranhas antes desta final.

Agora, a ponto de bater o pênalti, me passa pela cabeça tudo o que houve com os árbitros, com os treinadores, com todo mundo. A única coisa em que penso é: "Francisco, esta é sua última chance".

Tenho que fazer esse gol de qualquer jeito.

Os gritos nas arquibancadas vão aumentando.
Todos aplaudem e gritam, e eu tento me concentrar.
Bato no canto direito?
Ou no esquerdo?
Os últimos pênaltis que eu perdi foram no esquerdo.
Talvez o goleiro saiba disso.
Ele toca no boné e aponta para mim com o indicador.
Por que faz isso?
Acha que assim vou me intimidar?
Pois está muito enganado. Por mais que ele aponte o dedo para mim diante de todo mundo, não vou me render.
Por uma razão muito simples: eu já estava bem assustado antes de ele apontar o dedo para mim.

Preciso meter esta bola, preciso meter esta...
Então o árbitro apita.
Tenho que bater agora.
Tomo impulso.
Fecho os olhos.
Penso: "Não pensa".
E chuto.
A bola voa para o gol.
E eu fico olhando com cara de bobo...

2

O time de futebol 7 do Soto Alto é formado por:

Camisa 1: Camunhas, goleiro, conhecido como Dumbo. Suas orelhas são tão grandes que parece que ele vai voar a qualquer instante. É um bom goleiro e, ainda que se mexa pouco, defende muitos gols. Seus dois irmãos mais velhos também são goleiros, mas ele não para de repetir: "Sou o melhor da família".

Camisa 2: Aflito, lateral direito. Ele está sempre suspirando e se queixando de tudo. Ninguém se lembra de seu nome verdadeiro, porque todos o chamam assim. Quando ganhamos o jogo contra o time de Roma, ele afirmou: "Que pena que vencemos! Podíamos ter batido o recorde de derrotas consecutivas".

Camisa 3: Marilyn, lateral esquerda. Ela corre tão rápido que às vezes a gente esquece que a Associação de Pais nos obrigou a colocá-la no time porque diziam que precisávamos ter mais garotas. Ela é muito boa, adora mandar e usa o bracelete de capitã, mesmo que ninguém saiba por quê.

Camisa 4: Tomás, zagueiro. Ele é a prova científica de que para estar num time de futebol não é preciso saber jogar: basta dar muitos pontapés e empurrar os outros. Ele é superentusiasmado, grita muito e faz tudo o que pode, mas é tão ruim jogando que não tem jeito.

Camisa 5: Toni, meio-campo. Ele é uma mistura de Messi e Cristiano Ronaldo, ainda que não seja tão bom, mas para nós, é claro, se parece mesmo com esses craques. Acho que ele tem um pouco de raiva de ter que jogar com a gente em vez de estar no Axia ou no Santo Ângelo, mas somos o time que lhe coube.

Camisa 6: Helena, ponta. Ela tem os maiores olhos que eu já vi na vida e é tão bonita que não tenho mais o que dizer dela. Ah, tenho, sim: ela marcou mais gols que eu no campeonato.

Camisa 7: Canela, centroavante. Na verdade, ele se chama Francisco, ou Chico, ou Chiquinho, mas está dando um mega-azar e agora todos no time o chamam de Canela. Caso você ainda não tenha reparado, Canela sou eu.

Esses são os sete titulares.

E depois há os reservas.

Camisa 8: simplesmente Oito, reserva para quase todas as posições. É tão baixinho que parece que tem só oito anos, ainda que vá fazer onze no mês que vem. Por isso tem esse apelido. Seu verdadeiro nome é Pedro, mas é bem melhor ser chamado de Oito que de Pirralho ou algo pior, eu acho.

E, por último, a camisa 10: Anita, goleira reserva. Ela nunca tinha jogado nessa posição até convencer sua mãe a tirá-la do balé e colocá-la no futebol, de que gostava muito mais. Anita usa óculos e não vê quando a bola se aproxima, mas, como é reserva, a gente nunca se preocupou muito com isso. Até agora.

Depois temos Alícia e Felipe, nossos treinadores.

Alícia é bem magra e bem alta, sabe muito de futebol e sempre nos conta histórias sobre os grandes jogadores, os times lendários e coisas do tipo.

Felipe usa barba. Certa vez, o pai do Camunhas se irritou com ele e lhe disse que, por mais barba que tivesse, não passava de um moleque que não entendia nada de futebol. Isso de os pais se irritarem com os treinadores acontece com frequência, principalmente quando perdemos, que é quase sempre.

Esse é meu time de futebol 7: o Soto Alto Futebol Clube.

Mas a gente chama de Os Futebolíssimos.

Por quê?

Bem, porque, antes de eu bater o pênalti mais importante da história do Soto Alto, aconteceu uma coisa incrível, jamais vista.

Algo que eu acho que nunca mais vai acontecer.

Soto Alto F.C.
o time completo!

O Colégio Soto Alto está num vilarejo da serra de Madri conhecido como Sevilhota. Com frequência, os habitantes das localidades vizinhas zoam com esse nome e põem coisas nas placas de trânsito da entrada da cidade. Acho que devem morrer de rir quando fazem isso, se bem que, na real, não entendo o que há de tão engraçado.

A escola fica num bairro também chamado Soto Alto.

Lá tem educação infantil e ensino fundamental 1.

Há uma área enorme com duas quadras de basquete e um campo de futebol.

E um lema escrito bem grande sobre a entrada:

"Onde há educação não há distinção de classes"

Confúcio (551-479 a.C.)

Ao que parece, Confúcio foi um filósofo chinês muito importante que disse coisas bem inteligentes.

A Associação de Pais fez uma votação de frases. Embora eles gostassem bastante de outras também, no final, ganhou a do chinês. Eu a acho bem legal, mesmo que não entenda muito bem o que quer dizer.

Estou no 5º B.

Na minha turma somos trinta alunos.

Camunhas e Aflito também estão na minha classe.

Já Helena está no 5º A.

Não sei por que alguns de nós estão no B e outros no A.

Quem sabe tenham nos dividido por ordem de chegada ao colégio. Ou por ordem alfabética. Ou pelo que deu na cabeça do diretor, que se chama Estevão e quando passa pelo pátio parece estar sempre falando sozinho. Ou talvez seja coincidência, sei lá.

Antes era ainda mais confuso, pois tinha uma turma C, mas acabaram com ela porque não havia dinheiro para tantas classes e os alunos da C foram divididos entre as A e B.

O fato é que, no ano passado, me escolheram para o time de futebol 7.

Nós jogamos no Campeonato Interescolar, que é a competição mais importante de que eu já participei.

Há dezesseis times.

O primeiro colocado ganha o campeonato, claro.

Os dois últimos caem para a segunda divisão.

Alguns membros da Associação de Pais decidiram que, se este ano formos rebaixados, o melhor a fazer será desmontar o time e criar um grupo de teatro, um curso de violão ou algo assim.

Alegam que o futebol é muito violento, competitivo demais, e que não é bom pra gente. Por isso, se cairmos para a segunda divisão, o time vai acabar.

Os pais da associação gostam muito de se reunir e tomar decisões, sobretudo a mãe da Anita, chamada Laura, que é uma sabe-tudo, uma mandona, a dona Perfeita.

Se Confúcio estivesse por aqui, talvez dissesse a ela: "Pergunte aos alunos antes de tomar uma decisão". No entanto, ele está morto há quase dois mil e quinhentos anos.

Desse modo, os pais continuam se reunindo e tomando decisões.

É engraçado que falem dessa coisa de violência, porque, nas únicas partidas em que houve algum conflito, foram justamente os pais dos times adversários que brigaram entre si, com o árbitro ou com os treinadores. Não teve nenhuma briga entre a gente.

Não tenho nada contra violão, mas o que prefiro mesmo é futebol.

Espero que o time não seja desfeito.

Ainda que, na real, a coisa não esteja fácil.

Faltam apenas três jogos e estamos em penúltimo lugar na classificação.

Temos que ganhar alguma partida antes de o campeonato terminar se não quisermos cair para a segunda divisão.

E se não quisermos que o time acabe.

4

Meu pai se chama Emílio e é da polícia municipal.

Os policiais da minha cidade usam uniforme azul, aplicam multas e bloqueiam a rua principal durante as festas. Não são como os dos filmes, que saem por aí perseguindo bandidos e dando tiros. Meu pai me disse que até já deu umas corridinhas, mas nunca teve que usar sua arma.

Também, pudera, em Sevilhota não acontece muita coisa, pelo menos que eu saiba.

Meu pai gosta de contar histórias do trabalho.

Como quando uns ladrões tentaram roubar a pastelaria do Genésio, mas não conseguiram sair de lá. Tiveram que esperar pelo Genésio e pela mulher dele; enquanto isso, comeram todos os pastéis.

Ou como quando levaram o carro do prefeito Gustavo Ferrada por estar estacionado em local proibido.

— As leis são para todos, Francisco, não se esqueça disso — explicou meu pai. — Não importa se você é prefeito, governador ou presidente da República.

Acho que meu pai adora ser polícia municipal.

Talvez algum dia, quando eu for mais velho, também queira ser policial. Na real, eu ainda não sei se quero ser jogador de futebol, ou veterinário, ou jornalista esportivo, ou professor de educação física, mas meu pai disse que eu não preciso decidir agora.

Minha mãe se chama Joana e é vendedora numa loja de presentes.

Isso é bom e ruim ao mesmo tempo.

O bom é que ela recebe descontos nos presentes em geral: de aniversário, de Natal... O ruim é que, na minha casa, tudo o que ganhamos vem da loja onde ela trabalha. Nada de games, nem de bolas de futebol, nem de bicicletas, nem de outro monte de coisas que eu gostaria de ter, mas que não são vendidas naquela loja. Então, acho que vou ter que esperar para eu mesmo comprar com meu salário.

Minha mãe gosta muito de futebol e torce pelo Atlético de Madrid. Ela sempre fala que é o único time do mundo que, quando caiu para a segunda divisão, teve mais sócios e mais seguidores que quando estava na primeira. Eu não sei se é verdade, mas ela diz isso com tanto orgulho que parece ser a presidente do clube ou algo assim.

É uma pena que não vá às reuniões da Associação de Pais, porque ela se irritou muito quando soube que tinham proposto acabar com o time se formos rebaixados. Minha mãe não pode frequentar as reuniões por causa da loja; entre uma coisa e outra, diz ela, não tem tempo nem de respirar, embora eu ache um pouco de exagero da parte dela. Mas, bem... essa é outra história.

— E você não fez nada? — perguntou minha mãe ao meu pai, que frequenta as reuniões.

— Foi decidido pela maioria...

— Mas em que você votou? — insistiu ela.

— Eu... bem... eu me abstive...

— Como se absteve?! — exclamou minha mãe, como se não pudesse acreditar no que tinha acabado de ouvir. — Por que fez isso? Está maluco?

— Joana, por favor... Eu, como agente da lei, tenho que dar exemplo e estar acima dessas coisas, não posso me envolver em decisões desse tipo e, além disso...

— Bobagem!

Quando minha mãe diz "bobagem", significa "fim de conversa".

E foi embora deixando meu pai com a boca aberta e resmungando "abstenção, onde já se viu".

Minha mãe agora fala o dia inteiro que temos que marcar um gol quanto antes e ficar espertos para que o time continue no ano que vem.

— Treine muito, faça gols e estude matemática, Francisco — repete ela, sem parar.

Enquanto todo mundo me chama de Canela, Chico ou Chiquinho, meus pais me chamam de Francisco.

Bem, às vezes meu pai me chama de Canela e minha mãe não gosta disso.

Ele quase nunca se irrita.

Acho que, no fundo, não gosta de futebol, mas diz que sim só para não contrariar minha mãe.

Bem, nem minha mãe nem ninguém.

Agora vou falar três coisas sobre meu irmão, Victor, e espero não ter que dizer mais nada dele.

Ele tem catorze anos e acha que sabe tudo e que pode se meter comigo porque é maior.

Victor não vai ao mesmo colégio que eu. Estuda no Instituto Sánchez Ruipérez, que é para onde eu vou no ano que vem.

Ele torce pelo Atlético, como todos na família. Eu pensei em virar Real Madrid ou Barcelona só para contrariar, mas, no fim das contas, não deu. Não é que não tenham me deixado; eu não consigo mesmo. Sou Atlético apesar do meu irmão e pronto!

Eu sei que ia falar só três coisas sobre ele, mas vou dizer a última:

Victor está sempre dizendo que tem muitas namoradas, embora eu nunca o tenha visto com uma.

Ele ri de mim porque acha que sou um sem-noção e nunca vou ter namorada.

Parece que meu irmão não entende.

Eu não quero namorar.

Nunca.

As meninas às vezes são muito estranhas, pelo menos as da minha cidade. Talvez as de outros lugares sejam diferentes e dê pra gente entender melhor.

Na minha classe, muitas fazem coisas bem estranhas, mas não vou contar, porque ninguém acreditaria.

Helena é diferente.

Ela gosta de futebol tanto quanto eu.

Ou talvez até mais.

Como eu já disse, ela fez mais gols que eu este ano no Campeonato Interescolar.

Além disso, tem os maiores olhos que eu já vi e Camunhas diz que ela é, de longe, a garota mais bonita do 5º A. E também seria do B, se estivesse no 5º B, claro.

— O pirralho gosta da Helena! O pirralho gosta da Helena! — exclamou Victor um dia.

Eu não queria mais falar do meu irmão mais velho, mas não consigo evitar. Estávamos comendo e ele disse dezoito vezes seguidas a mesma frase:

— O pirralho gosta da Helena!

O pirralho sou eu, claro.

— E quem é essa Helena? — perguntou minha mãe.

— Ninguém. Eu não gosto dela. Chega de bobagem — respondi.

Mas, pelo visto, a palavra "bobagem" só é mágica na boca da minha mãe. Quando eu a pronunciei, a conversa não acabou.

— É uma garota da classe dele — disse Victor.

— Ah, sim, do time de futebol — completou meu pai.

— A morena bonita? — perguntou minha mãe.

— Uma das melhores do time — insistiu meu pai. — Acho normal que goste dela, Francisco.

Meu irmão estava quase morrendo de tanto rir.

Eu fui ficando vermelho.

— Embora você ainda não esteja na idade dessas bobagens — acrescentou minha mãe. — Agora é hora de se concentrar no futebol e na matemática. Terá muito tempo para namoradas.

— Vamos ver se consigo ser claro: eu não gosto da Helena e não quero ter namorada. Nunca! — falei, bem sério.

Victor ficou rindo por um tempo.

E meus pais continuaram falando do time, do que era melhor para mim, de que na época deles as meninas e os meninos não jogavam futebol juntos e de mais um monte de coisas que não me interessavam nem um pouco.

Eu só pensava em uma coisa: eu não gosto da Helena.

Quero é jogar futebol.

Com Helena, se possível.

Mas porque ela é muito boa, não porque eu goste dela.

Antes de me escolherem para o time, Helena já era titular. Ela joga desde que era tão pequena como uma bola.

Conhece a maioria dos times e jogadores e está sempre conversando com Alícia, a treinadora, que conhece ainda mais times e jogadores, porque é mais velha e teve mais tempo de aprender.

Helena mora duas ruas abaixo da minha. Costumamos voltar juntos, a pé, depois do treino. Às vezes ela volta de bicicleta, aí não a acompanho.

Quando a gente começou a ir para casa juntos, eu não falava nada, porque Helena é a garota mais bonita do 5º ano, como já disse, e talvez seja a mais bonita do vilarejo.

Mas, pouco a pouco, comecei a me soltar.

A gente conversa principalmente sobre futebol, mas também sobre outras coisas. Helena fala muito do pai dela. Os dois se veem pouco, porque ele é jornalista e viaja pelo mundo. E também porque seus pais não estão mais juntos, ou seja, estão divorciados. Ela diz que não se importa, que é melhor assim do que brigarem o dia inteiro.

Quando o pai da Helena está no país e os dois passam juntos o fim de semana, ele conta para ela sobre suas viagens para a América, a África ou o Japão.

Porém, ultimamente, na volta para casa, só falamos das três partidas que faltam para terminar o campeonato. Estamos superpreocupados com a possibilidade de que o time acabe.

Se isso acontecer, não jogaremos mais futebol.

E eu não vou poder voltar para casa com Helena depois dos treinos.

Mas ela está certa de que vamos ganhar pelo menos uma partida e assim estaremos salvos.

— Vamos sair dessa, pode acreditar — disse Helena um dia desses.

— Tomara.

— E você ainda vai fazer um gol — tentou me animar.

— Tomara.

— E eu também vou marcar um — completou.

Eu me virei para ela.

Vi seus olhos enormes sorrindo e falei:

— Tomara.

— Canela.

— O quê?

— Dá pra parar de dizer "tomara" o tempo todo?

— Dá.

— Obrigada.

E continuamos andando sem dizer mais nada.

Às vezes Helena também me chama de Canela.

Mas, quando é ela, eu não me importo.

Soa diferente.

Quem me deu o apelido fez isso de zoação.

Não sei se já contei: o primeiro que me chamou assim foi Toni.

Toni, o goleador, o fominha, o supermetido.

6

Toni é o melhor jogador do time. Melhor que todos nós juntos.

Nem por isso precisava ser um fominha, um metido, um espertinho.

Ele adora driblar, fazer gols e receber aplausos.

Acho que só tem uma coisa de que Toni gosta mais que isso.

Zoar com todo mundo.

No último treino, antes do jogo contra o Axia, ele marcou um monte de gols.

Alícia e Felipe lhe deram parabéns e disseram que, quando a gente não soubesse o que fazer com a bola, era para passá-la para Toni.

Ah, e nos mandaram ficar bem concentrados para não marcar nenhum gol contra.

Parece incrível, mas nos dois últimos jogos marcamos dois. E assim é muito difícil ganhar, claro.

— Se não conseguimos fazer gols na rede do adversário, pelo menos vamos tentar não fazer na nossa — disse Felipe.

E depois despacharam a gente para casa.

Enquanto pegávamos as coisas no vestiário, Toni não parava de falar.

Dizia que para ele dava no mesmo se a gente caísse para a segunda divisão, porque já tinha falado com seus pais e ia mudar para uma escola com um time de futebol bem melhor que o nosso, onde pudesse demonstrar todas as aptidões dele.

Isso de "todas as aptidões" ele disse muito sério, como se tivesse acabado de ter a ideia.

Foi Toni quem deu o apelido para a maioria dos jogadores do time.

Para Camunhas, o de Dumbo.

Para Pedro, o de Oito.

Para Aflito, o de Aflito.

E, para mim, o de Canela.

Toni se acha muito engraçado.

Às vezes também penso em dar um apelido para ele, tipo Roubagols ou algo assim, mas depois não consigo.

— O Facebook do Toni é muito divertido — disse Marilyn.

— Eu morro de rir — completou Helena.

Pelo visto, as duas gostam muito das tiradas do Toni.

Uma vez ele colocou no Facebook uma foto do Aflito quando espirrou no meio de uma prova. Um monte de meleca saiu voando e foi parar na folha de papel, que ficou tão gosmenta que era impossível tocar nela.

Todo mundo riu muito, menos Toni, pois não queria que o celular tremesse enquanto fotografava.

Ele também postou um vídeo de quando Tomás ficou pendurado na corda de nós durante a aula de educação física. Sua calça de moletom caiu e ele ficou ali em cima, de cueca, sem poder subir nem descer.

Camunhas disse que eu tenho inveja do Toni, porque ele é o melhor do time e tem muito mais amigos e curtidas no Facebook.

— Não sei como você pode defender ele — retruquei. — Foi o Toni quem te deu o apelido de Dumbo.

— Não me importo — respondeu ele. — Se não tivesse sido ele, teria sido outro. Pelo menos ele faz gols; já é alguma coisa.

Toni me apelidou de Canela, em referência a Caneleiro, Caneludo, porque não marco gols há vários jogos.

Bom, por isso e por outra coisa que não contei.

Perdi cinco pênaltis em cinco partidas.

Sei que é incrível e certamente nunca aconteceu uma coisa dessas em nenhum time de futebol do mundo.

A onda de azar começou quando perdi um pênalti contra o time do Antônio Machado.

Embora Toni seja o melhor jogador e Helena, a goleadora máxima, sempre sou eu que bato os pênaltis.

Isso porque Alícia e Felipe dizem que sou muito bom nisso, que isso melhora minha autoestima como goleador, que é preciso repartir as funções dentro do time, e não sei quantas coisas mais.

O caso é que eu sou o responsável pelos pênaltis.

O segredo para bater bem foi minha mãe quem me passou.

— Quando for bater, olhe para o lado onde vai mandar a bola, para que o goleiro veja também... e depois chute para o mesmo lugar.

— Mas, se o goleiro sabe pra onde eu vou mandar a bola, por que chutar pra lá? — perguntei.

— Bem, por isso mesmo, porque o goleiro pensa que, como ele percebeu sua intenção de chutar para aquele lado, você vai mudar de ideia e lançar a bola para o lado oposto — explicou ela. — O goleiro vai se jogar para o outro lado e daí você faz o gol.

Pensei um pouco.

Talvez minha mãe tivesse razão; afinal, ela sabe muito de futebol.

Mas aí meu pai entrou na conversa.

— Peraí — disparou ele. — Se o goleiro sabe que o Francisco sabe que o goleiro sabe que o Francisco sabe...

— Bobagem — cortou minha mãe.

E já sabíamos o que isso significava.

— Vá por mim: faça o que eu estou dizendo que vai dar certo — afirmou ela, dando a conversa por encerrada.

E no início da temporada isso funcionou.

Não errei nenhum pênalti... até o jogo contra o Antônio Machado.

Talvez o goleiro fosse muito esperto e tenha adivinhado minhas intenções.

Ou então fosse muito preguiçoso como Camunhas e não estivesse a fim de se jogar para aquele lado.

Ou, simplesmente, chega uma hora em que você tem que errar. Não dá para acertar sempre, sempre, sempre.

O caso é que eu chutei, o goleiro do Antônio Machado não se mexeu e ficou com a bola nas mãos.

O pior não foi errar o pênalti. O pior foi a gente ter perdido o jogo por causa daquele pênalti.

Logo depois, Alícia, Felipe e meus companheiros de time se aproximaram.

Eles me animaram, dizendo que não tinha problema, que havia sido azar, que no jogo seguinte eu acertaria, com certeza.

Toni foi o único que não me apoiou. Ele queria bater os pênaltis e parecia se alegrar com meu erro.

Acreditei que tinha sido mesmo azar, que qualquer um pode errar um pênalti e que isso não aconteceria novamente comigo.

Mas eu errei o seguinte, contra o Teresa de Jesus.

E o seguinte.

E o seguinte.

E mais um.

Errei cinco pênaltis seguidos e perdemos os cinco jogos.

Com certeza é um recorde mundial.

Para piorar, o pai do Toni gravou tudo pelo celular e depois Toni fez um vídeo com os cinco pênaltis.

Ele botou um fundo musical e o chamou de "Canela, para de bater pênaltis, por favor".

Postou o vídeo no Facebook e todo mundo da escola, e muita gente de fora dela, assistiu.

Foi então que virei Canela.

7

Faltavam três semanas para o fim do campeonato.

O momento-chave do ano.

Tivemos uma temporada bem ruim.

Não começamos mal. Empatamos alguns jogos e até vencemos o Luís Otero.

Mas, depois da onda de azar dos pênaltis, perdemos todas as partidas.

Por isso, agora era tudo ou nada.

A gente podia conseguir.

Não era tão difícil.

Vencendo um dos três jogos restantes, estaríamos salvos. Não cairíamos para a segunda divisão e a Associação de Pais não dissolveria o time.

O mais difícil deles seria o último, contra o Santo Ângelo, o primeiro colocado no campeonato, que certamente viria com tudo na partida final.

— Temos que chegar à última partida com o dever de casa feito — recomendou Alícia.

— Ou seja, precisamos ganhar um jogo quanto antes, e não esperar o último — disse Felipe.

Alícia olhou para ele.

— Foi isso que eu acabei de falar. Eles já entenderam.

— Por via das dúvidas, é melhor não deixar fios soltos — emendou Felipe.

— Muito obrigada por explicar outra vez — completou Alícia.

O que estava acontecendo?

Os dois nunca discutiam nem implicavam um com o outro, pelo menos não na nossa frente. Eles eram treinadores por igual, pareciam se dar muito bem, sempre concordavam...

Talvez estivessem nervosos pelo fim do campeonato.

Se fôssemos rebaixados, o Soto Alto acabaria e, portanto, a função deles no time também.

Mas, na real, o que se passava com Alícia e Felipe não tinha nada a ver com isso.

Na véspera do jogo, quando a gente estava no vestiário, Marilyn disse uma coisa inesperada.

Foi isto o que ela disse:

— A Alícia pediu o Felipe em namoro.

O QUÊ?!

— Exatamente o que vocês ouviram — explicou Marilyn. — A Alícia pediu o Felipe em namoro e ele está pensando. Por isso estão assim, tão estranhos.

— Você está inventando isso — falou Tomás, que quase nunca abria a boca.

— Não é invenção dela, é verdade — afirmou Helena.

— E como você sabe? — perguntou Camunhas.

— Bem, eu sei porque... porque... A Alícia e minha mãe são muito amigas e ela contou pra ela — respondeu Helena.

— Exatamente — concordou Marilyn.

Ficamos todos mudos, sem saber o que dizer.

— Essa é a pior coisa que podia acontecer com a gente — resmungou Aflito. — Logo agora, na véspera da partida...

— Peraí — interrompeu Anita —, não foi ele que pediu ela em namoro?

— Não, não — respondeu Marilyn. — A Alícia é que pediu o Felipe.

— Não gosto nem um pouco do Felipe com essa barba — comentou Anita.

— Pois eu acho ele muito bonito — retrucou Helena.

— E supersimpático — completou Marilyn. — Além

disso, ele dança muito bem. Eu me lembro das festas do colégio...

— Eles formam um belo casal — concluiu Helena. — Tomara que namorem.

Um momento.

Éramos um time de futebol ou um grupo de fofoqueiros falando de namorados, namoradas e outras coisas horríveis?

— O importante é que a gente vença o Axia — declarou Toni —, não essas bobagens de namoradinhos.

Uma vez na vida eu concordava com o supermetido.

No dia seguinte, jogaríamos contra o Axia, um bom time que estava no meio da tabela de classificação e não dependia daquela partida para nada. Seria nossa melhor chance de ganhar, porque no outro sábado enfrentaríamos o Islantilha, situação bem mais complicada, porque eles também estavam ameaçados de cair e, claro, iam jogar com tudo. Depois, seria contra o Santo Ângelo, do qual considerávamos impossível ganhar, pois são como o Real Madrid do Campeonato Interescolar, estavam lutando pelo título e na partida de ida tinham metido 6 a 0 na gente.

— O importante é ganhar do Axia — afirmei.

— Cala a boca, Canela — disse Toni. — E fique sabendo que, se houver outro pênalti, sou eu quem vai bater.

— Ah, é? E quem decidiu isso? — perguntei.

Então notei que todos me olharam.

E ficaram mudos.

Estava claro que tinham conversado entre eles.

— Muito bem, como quiserem — disse eu. — Ah, e também acho que o Felipe e a Alícia formam um belo casal.

Não tenho ideia de por que disse isso.

Não estou nem aí para se eles formam um bom casal, se são namorados ou o que quer que seja.

Falei aquilo para irritar Toni.
Eu acho.
E fui embora.
Precisávamos ganhar do Axia e a única coisa que fazíamos era discutir uns com os outros.
Assim não íamos conseguir nada.
Naquela noite recebi uma mensagem pelo WhatsApp:
"Nos vemos no campo de treinamento à meia-noite".
Era Helena.

8

Fiquei algum tempo olhando para a mensagem. Li várias vezes, para ver se dizia outra coisa.

Mas não.

Por mais que a olhasse, ela continuava dizendo o mesmo:

"Nos vemos no campo de treinamento à meia-noite".

Helena queria realmente me ver?

Só nós dois, no campo de treinamento?!

À meia-noite?!

Peraí... à meia-noite?!

Como eu ia sair de casa naquele horário sem que meus pais ficassem sabendo?

Bem, pelo menos meu pai estaria fora naquela noite, trabalhando.

Então, era só escapar da minha mãe.

Isso era o que eu achava.

Eu tinha me esquecido de uma coisa.

Ou, melhor dizendo, de uma pessoa.

Um ser que também morava na minha casa.

Meu irmão mais velho.

— O pirralho tem um encontro! O pirralho tem um encontro! — começou ele a gritar e a rir como um louco.

Victor é superfofoqueiro e tinha lido a mensagem.

Eu o perseguia pelo quarto tentando tapar sua boca, mas ele é um tanto mais alto que eu e tem três anos a mais, então era quase impossível.

— O pirralho tem um encontro! O pirralho tem um encontro! — continuou berrando e rindo.

Se minha mãe escutasse, eu podia desistir de ver Helena naquela noite.

Victor então parou de gritar e rir e me encarou.

— Você sabe o que se faz num encontro com uma garota, pirralho?

— Não é um encontro — retruquei.

— Então o que é?

— Bem... é... — Eu não fazia ideia do que dizer. — É uma... reunião secreta. Só isso.

— É um encontro — insistiu ele. — E num encontro você tem que beijar ela.

— Não é um encontro! — repeti. — E ninguém tem que beijar ninguém.

Victor fechou os olhos, juntou os lábios e começou a atirar beijos, fazendo muito barulho.

— Canela, me beija! Eu gosto de você! *Muaaaaak, muaaaaak...*

— Cala a boca, seu tonto!

E pulei em cima dele.

Victor não parava de rir e repetir:

— Canela, me beija!

E eu gritava que ele se calasse de uma vez.

A gente fazia o maior escândalo, era quase impossível nossa mãe não escutar. A única explicação para isso era que ela estivesse dormindo na frente da tevê. Certas noites, sobretudo quando meu pai está de plantão, ela custa a dormir, então toma um comprimido, e aí não tem quem a acorde.

Com sorte, aquela podia ser uma noite de comprimido.

— Por favor, não diga nada pra mamãe — implorei ao meu irmão.

— E o que eu ganho com isso? — perguntou Victor, arregalando os olhos.

— Bem, assim você ajuda seu irmão menor — respondi, sorrindo e fazendo cara de gente boa.

— Tá bom, eu fico quieto se você admitir que é um encontro e que gosta dela.

— Eu não gosto dela — declarei.

— Nesse caso, vou ter que falar pra mamãe que você quer fugir de casa e... — disse meu irmão.

— Tá bom, tá bom, eu admito: é um encontro e eu gosto dela, o que você quiser — afirmei, esperando que ele me deixasse em paz de uma vez.

Ainda que, na real, eu não gostasse da Helena.

— Não, assim não vale — retrucou Victor. — Você tem que dizer de verdade... Espera um segundo.

Meu irmão apontou o celular para mim.

— Você vai gravar? — perguntei.

— Sim.

— Pra quê?

— Pra nada — respondeu ele. — Só pra ver quando me der vontade de morrer de rir. Vamos, pirralho, olhe pra câmera e diga que tem um encontro com essa garota de que você tanto gosta... senão vou falar com a mamãe.

Eu não tinha muitas opções.

Fechei os olhos por um instante.

Tomei coragem.

Respirei fundo.

Abri os olhos de novo, olhei para a câmera e disse:

— Helena é uma menina muito... bonita e muito simpática e joga muito bem futebol... e eu... bem... eu gosto dela... Não é que eu goste muito, mas... tá bom, sim, eu gosto dela... e esta noite temos um encontro no campo de futebol e eu estou um pouco nervoso. Tá bom assim?

— Perfeito — disse meu irmão. — Pode ir.

E se jogou na cama como se tivesse concluído uma obra-prima ou algo assim.

Fui para a sala tentando não fazer barulho.

Olhei para o relógio: quinze para meia-noite.

Minha mãe roncava no sofá, com a tevê no canal de esportes. Atravessei a sala com muito cuidado.

— Aonde você está indo, Francisco?
Eu me virei.
Minha mãe continuava com os olhos fechados.
Mesmo assim falava comigo.
— Vou ali no posto rapidinho, mãe — respondi.
— Hummmmmm, hummmmmm — resmungou ela e continuou dormindo.
Abri a porta e fui para a rua.
Nunca tinha saído sozinho de casa àquela hora.
Olhei para o céu e vi a lua, lá no alto.
Comecei a andar.
Tinha que me apressar se quisesse chegar a tempo.

Quando cheguei ao campo de treinamento, o sino da igreja batia meia-noite.

Na real, não era o sino que batia. Segundo meu pai, o toque está gravado e o som sai pelos alto-falantes do campanário, mas parece de verdade.

O fato é que cheguei lá à meia-noite em ponto.

E não tinha ninguém no campo.

Então me veio um pensamento.

Talvez Helena não tivesse conseguido ir.

Ou, pior, quem sabe a mensagem não fosse para mim.

Nela estava escrito:

"Nos vemos no campo de treinamento à meia-noite".
Não tinha meu nome.
Muitas vezes a gente se engana e manda a mensagem para a pessoa errada.
Isso aconteceu comigo uma vez.
Escrevi para Camunhas: "Não se esqueça da cola para a prova de matemática". E, de tanto pensar que não queria que meus pais ficassem sabendo daquilo, acabei mandando a mensagem para meu pai, por engano. Ele estava no carro quando a recebeu e, por sorte, não contou para minha mãe, pois não é um dedo-duro.

Quando cheguei em casa, a única coisa que ele me disse foi:

— Tenha muito cuidado com as mensagenzinhas.

E falou isso com uma cara que eu nunca vou esquecer na vida.

Ele e eu sabíamos perfeitamente o que tinha acontecido. Mas nunca falamos do assunto. Não era preciso.

Conclusão: Helena tinha escrito a mensagem para outra pessoa e enviou para mim por engano.

Eu pensava em quem seria o verdadeiro destinatário quando vi uma luz se aproximando ao longe.

Era o farol de uma bicicleta.

Estava muito escuro e a luz me cegava, então não consegui ver bem quem era.

Enfim, chegou a voz:

— O que está fazendo aqui?

— Hein?

— Posso saber o que você está fazendo aqui? — insistiu.

Era Camunhas.

Em pessoa.

Ele estacionou a bicicleta ao meu lado.

A mensagem era para Camunhas?

Helena a teria enviado para nós dois?

Será que tinha um encontro com Camunhas também? Com o Dumbo? Eu não estava entendendo nada.

— E você? — indaguei.

— Eu vim pra... uma reunião secreta — respondeu ele.

Nós nos olhamos por um instante, sem dizer nada.

Até que eu perguntei:

— A Helena também enviou uma mensagem pra você?

— Como você sabe? — disse ele.

Eu mostrei a ele o WhatsApp dela no meu celular.

O Dumbo deu de ombros.

— Talvez ela tenha se enganado — declarou.

E me mostrou seu celular: ali estava a mesma mensagem enviada para mim.

Exatamente a mesma:

"Nos vemos no campo de treinamento à meia-noite".

— Que horas são? — perguntei.

— Meia-noite e três minutos — respondeu ele.

Bem nesse instante, à meia-noite e três minutos, Helena apareceu.

Mas ela não veio sozinha. Ao seu lado estava Toni.

E atrás deles vinham Aflito, Tomás e Oito.
Logo depois, Anita e Marilyn.
Todos do time estavam lá.
Os sete titulares e os dois reservas.
O que estávamos fazendo ali, afinal?

— Vou dizer por que chamei vocês aqui — disse Helena.

— Não se preocupem, seus bobos. Não é nada ruim — comentou Toni, como se já soubesse de tudo.

— Você já sabe, espertinho? — perguntou Marilyn.

Mas Toni não respondeu.

Simplesmente sorriu e fez a cara de sempre, como se fizesse um favor por jogar futebol com a gente e estar do nosso lado.

— Se meus pais descobrem que eu estou aqui, vão me deixar um mês de castigo, sem sair de casa — falou Oito.

— Então era melhor você não ter vindo... — respondeu Anita.

— Sem discussão, por favor — pediu Helena. — Vou explicar por que chamei vocês aqui.

Estava na cara que aquilo não era um encontro.

Helena tinha mandado a mesma mensagem para todos nós, não apenas para mim.

Eu a olhei ali no meio dos outros e, por um momento, pensei que não seria mau um encontro só com ela.

Não sei por quê, mas foi isso que pensei.

Helena continuou:

— Ninguém confia na gente. O Axia não depende do resultado do jogo; nós, sim. Só que as pessoas acreditam que a gente vai perder amanhã. E na semana seguinte. E na outra. Além disso, estão convencidas de que o time vai acabar.

— É que, com certeza, vamos perder — afirmou Aflito, parecendo estar prestes a chorar. — E acho que vou indo embora porque está muito tarde. É óbvio que vai dar tudo errado, que vão nos pegar e vamos nos dar mal...

— Dá um tempo, Aflito, faça-me o favor! Você me dá dor de cabeça — exclamou Marilyn.

— Chamei vocês aqui pra fazermos um pacto secreto — declarou Helena.

Aí, sim, ficamos todos em silêncio.

Ali, na escuridão da noite, com a lua ao fundo, íamos fazer um pacto secreto.

A coisa estava ficando emocionante.

— Aconteça o que acontecer, vamos continuar juntos e jogando futebol — prosseguiu Helena. — Temos que prometer que não vamos nos separar nunca. Ganhando ou perdendo, continuaremos a jogar como um time. Nesse campeonato ou em outro. Num campo ou na rua. Onde quer que seja. Mas juntos.

Nós nos olhamos.

Helena estava muito convencida do que dizia.

Podiam acabar com o time, mas não impedir a gente de jogar futebol.

Eu olhei para os outros, e eles deviam estar pensando algo parecido, porque estavam todos muito sérios.

Bem... Tomás comia uma barrinha de chocolate, como sempre.

— Tenho nível baixo de açúcar — justificou ele, quando o olhei.

— Quem está comigo? — perguntou Helena.

E estendeu a mão.

Imediatamente, Marilyn colocou a mão em cima da de Helena.

Aflito e Camunhas encolheram os ombros e também puseram a mão sobre a dela.

E assim fizeram os demais: Anita, Oito e até Tomás, que engoliu a barrinha antes de colocar sua mão sobre as outras.

Só sobramos Toni e eu.

— Bem, eu tenho ofertas pra jogar em outros times. Preciso pensar... — disse Toni.

Mas, logo em seguida, olhou para Helena e sorriu. Parecia mesmo que os dois tinham conversado antes.

— É brincadeira — falou.

E pôs sua mão sobre as outras.

Só faltava eu.

O que eu mais queria no mundo era jogar com Helena e os outros.

Mas não suportava Toni.

E menos ainda que ele agora fosse tão amiguinho da Helena.

Gostaria que ela tivesse falado comigo do pacto antes, não com ele.

Pensei muitas coisas, até que ela me interrompeu:

— Você está dentro ou fora?

Mexi a cabeça e disse:

— Dentro.

E coloquei minha mão sobre as outras.

Ali estávamos os nove no meio do campo de futebol.

À meia-noite.

Com as mãos umas sobre as outras.

— A partir deste momento, nada nem ninguém nos separará nunca — declarou Helena. — Jogaremos sempre juntos, no colégio, no pátio, no campo de treinamento, na rua, no parque ou seja lá onde for. Sempre juntos. A partir deste momento, somos os Futebolíssimos. Prometido?

— Prometido!! — gritamos todos ao mesmo tempo.

Foi assim que fizemos o pacto dos Futebolíssimos.

10

Nos dias de jogo, faço sempre as mesmas coisas depois que acordo.

Saio da cama apoiando o pé direito no chão, porque é com ele que chuto a bola.

Depois, coloco três colheradas de cereais no leite.

E dou sete goles precisos no meu chocolate. Nem um a mais, nem um a menos.

E, o que mais chateia minha mãe, toco com as mãos todos os móveis da casa.

As cadeiras, as mesas, os armários, as estantes... Tudo.

Alícia e Felipe dizem que são manias de centroavante.
Todos os jogadores de futebol têm.
Faço isso porque faço.
Sem pensar.
Embora, com a maré de azar que atingiu a gente, talvez fosse melhor mudar alguma coisa.
Mas não.
Não abri mão disso.
Percorri a casa e toquei todos os móveis.
E, quando terminei, peguei minhas coisas e as enfiei na mochila.
Os sábados são os dias em que minha mãe mais trabalha, porque, ao que parece, as pessoas têm mais tempo para fazer compras e vão às lojas. Então, poucas vezes ela pode ir me ver jogar.
Quem sabe por isso ela estivesse de mau humor. Sei que ela adoraria estar lá.
— Vamos ver se marcam algum jogo no domingo! — exclamou ela.
E me deu um abraço como se eu fosse para a guerra ou algo do tipo.
— Vai logo pro jogo e trate de fazer gols, porque estou nervosa! — disse. — Ah! Nem pensem em perder, hein!
A partida contra o Axia foi incrível.
Se minha mãe tivesse ido, teria ficado de boca aberta, como todos que estávamos ali.

O que aconteceu naquele dia nunca tinha acontecido em nenhum jogo de futebol.

Mas vamos por partes.

Já disse que o Axia era um bom time. Estava em sétimo lugar no campeonato e, se nos vencesse, subiria para o sexto.

A verdade é que eles tinham bons jogadores, como o zagueiro Antônio, que todos chamavam de Chouriço, porque, além de ser gordo, entregava chouriços com o pai em seu furgão, e também um atacante muito bom, Domingues, que diziam que ia fazer os testes para o Rayo Vallecano de Madrid.

No vestiário, Alícia e Felipe estavam bem sérios. Disseram para jogarmos sem pressão. Que era para nos divertirmos. Que os grandes times de futebol da história são os que mais se divertiram jogando.

Acho que nem eles mesmos acreditavam nisso.

Nenhum de nós estava pensando em se divertir.

Só em ganhar o jogo.

— Bem, e, na dúvida, passem a bola para o Toni — disse Felipe.

— Isso — completou Alícia.

E se olharam de viés.

Era muito estranho imaginar que Alícia e Felipe eram namorados, ou melhor, que Alícia tinha pedido Felipe em namoro. Ao ver os dois ali no vestiário, diante de nós, eu não conseguia tirar isso da cabeça.

Então, finalmente, fomos todos para o campo e o jogo começou.

Meu pai estava na arquibancada com os outros pais, embora não gritasse tanto quanto eles. Sendo da polícia municipal, não podia perder a compostura, como costumava dizer.

Só que ele não era o único adulto que não gritava.

Havia um homem de bigode e boné, que não falava com ninguém. A cara dele não me era estranha, porém não sabia de onde o conhecia.

O caso é que chamou muito minha atenção o fato de ele estar sozinho, tão sério.

Na primeira rodada, o Axia tinha ganhado da gente de 5 a 1. Mas eram águas passadas.
Agora era tudo ou nada para nós.
E a coisa começou mal.
Nos primeiros minutos, fomos muito bem.
Talvez fosse efeito do pacto.
Estávamos superconcentrados.
E, quando nos olhávamos, sabíamos de uma coisa que ninguém mais sabia.
Éramos os Futebolíssimos.
No primeiro ataque, Helena passou a bola para Toni, que driblou um zagueiro do Axia... e, em vez de seguir sozinho, passou a bola para mim!

Era algo inédito: Toni tinha me passado a bola num lance de ataque.

Acho que em todo o campeonato não tinha feito isso nenhuma vez.

Controlei a bola e encarei o gol adversário, mas, antes que pudesse fazer qualquer coisa, Chouriço investiu contra mim, me jogou pelos ares e roubou a bola.

— Falta, árbitro! — reclamei.

Mas nada.

O árbitro falou:
— Continue jogando.
E não apitou.
Helena disse:
— Vamos, Canela!
Eu me levantei e continuei correndo.
Assim como os outros.
Pela primeira vez, parecíamos um time de verdade.

Corríamos que nem loucos atrás de cada jogada, íamos todos ao mesmo tempo, disputávamos cada bola...

Alícia pulava no banco de reservas, parecendo bem contente.

Marilyn gritava o tempo todo:
— Corre, corre, corre! Aflito, não perca a posição! Vamos, mexa-se!

Estava claro que era a capitã do time.
E assim foi passando o primeiro tempo.
Eles atacavam.
Nós nos defendíamos bem.
E fazíamos alguns contra-ataques bem organizados.
Assim foi até os 28 do primeiro tempo, faltando apenas dois minutos para o intervalo.
Nesse minuto tudo mudou.
No 28.

11

No futebol 7, cada tempo dura 30 minutos.

Nem 29 nem 28. Exatamente 30. É uma pena, porque, se cada tempo durasse 28 minutos, não teria acontecido o que aconteceu.

Toni estava com a posse de bola.

Ele levantou a cabeça e deu um passe em diagonal para Marilyn, que correu como uma bala pela lateral direita.

Todos achavam que ela não ia chegar.

O AXIA MONTOU UM CONTRA-ATAQUE RAPIDÍSSIMO. E, COMO TONI, HELENA, MARILYN E EU ESTÁVAMOS NA FRENTE, NÃO DEU TEMPO DE VOLTAR.

EM TRÊS PASSES, A BOLA JÁ ESTAVA COM O ATACANTE DELES, DOMINGUES, NA NOSSA ÁREA. TOMÁS PAROU NA FRENTE DELE PARA TUMULTUAR, MAS, COMO EU JÁ DISSE, ELE É TÃO RUIM QUE OS ATACANTES, QUANDO O VEEM, COMEÇAM A RIR.

DOMINGUES NEM SE INCOMODOU COM ELE.

SEM SAIR DO LUGAR, FUZILOU CAMUNHAS E A BOLA ENTROU NA NOSSA REDE.

FOI UM GOLAÇO! NA REAL.

12

Helena e eu sempre damos a saída de bola. É normal que os atacantes façam isso.

No entanto, quando ia começar o segundo tempo da partida contra o Axia, vi Toni na área central com Helena. Ele estava com a bola no pé e fazia embaixadinhas com ela, querendo se mostrar, como sempre.

Não vou fingir que não me incomodei ao ver Helena e Toni juntos falando em voz baixa, como se fossem superamigos ou estivessem tramando algo.

Porque, na real, aquilo me incomodou. E muito.

Mas deixa pra lá; naquela hora isso era o de menos.

Estávamos perdendo de 1 a 0.

Durante o intervalo, Felipe pegou o quadro e disse mil vezes que depois de cada ataque tínhamos que recuar.

Era uma questão de ordem.

— Falamos disso o ano inteiro — lembrou ele. — Vocês ainda não entenderam que, quando a gente ataca, tem que voltar logo para defender?

Ficamos todos em silêncio.

Ele tinha mesmo repetido isso um milhão de vezes.

— Tenho a sensação de que estou falando com as paredes — continuou.

— Eu também — concordou Alícia, olhando para ele, não para nós.

Tenho a impressão de que ela não se referia à partida, mas a outra coisa.

Felipe ia responder, porém, no último segundo, resolveu ficar quieto e ir embora.

— Você é quem sabe — disse Felipe ao sair do vestiário.

Alícia falou que nos tranquilizássemos, que qualquer um podia errar, que estava tudo bem, que o importante não era a vitória, e sim ficarmos orgulhosos do time e de cada um de nós mesmos.

Mas, na real, eu não me sentia muito orgulhoso.

Cada vez que eu me aproximava da área do Axia, Chouriço me empurrava, me enchia de chutes e roubava a bola de mim.

Eu já não sabia o que fazer.

E agora, ainda por cima, Toni e Helena cochichavam na área central.

Por que eles iam dar a saída de bola?

Quem tinha decidido isso?

Toni percebeu que eu olhava para eles de longe e me perguntou:

— O que foi? Algum problema?

Sim, havia muitos problemas. A gente estava perdendo. O time podia acabar. E, de repente, Helena e ele pareciam muito amiguinhos. A saída de bola sempre tinha sido dada por mim e agora ele tomava meu lugar.

Mas, em vez de dizer isso, dei de ombros e respondi:

— Não.

O árbitro saiu do vestiário bebendo uma garrafa de água. Por fim, o segundo tempo começou e eles pararam de cochichar.

Tinha chegado meu momento.

Eu precisava fazer alguma coisa naquele jogo. Evitar Chouriço. Fazer um gol. Dar um passe. Alguma coisa importante para o time.

Eu não era um Canela.

Gostava muito mais de futebol que Toni.

E provaria isso.

Então roubei a bola e corri disparado rumo ao gol do Axia.

Driblei o primeiro meia e depois o segundo, que era muito alto e bem louro.

E pensei: "Toma!".

Acho que era a primeira vez que eu dava dois dribles seguidos em todo o campeonato.

Tinha chegado meu momento.

Vi os zagueiros do Axia na minha frente.

E também vi Helena pela direita, que desviava da marcação e erguia a mão pedindo a bola.

Eu tinha que continuar.

Podia fazer aquilo.

Visualizei a jogada na minha cabeça: ia driblar o primeiro zagueiro, depois passar a bola por debaixo das pernas do Chouriço e, por fim, dar um passe para Helena, que só teria que empurrar a bola para dentro do gol.

Eu vi tudo com muita clareza.
Podia fazer isso.
Avancei alguns metros com a bola grudada nos pés.
Estava preparado.
Disposto.
Tudo ia correr bem...
E então aconteceu.
O público ficou de pé.
E as pessoas começaram a gritar.
Mas não para mim.
Gritavam e apontavam para o centro do campo.
Até o goleiro do Axia.
Helena também parou.
O que estava acontecendo?
Por que ninguém jogava?
Não tive outra opção senão parar e dar meia-volta para ver o que se passava.
E ali, no meio, notei o árbitro caído no chão.
De barriga para baixo.
Teria desmaiado?
Alguém do público havia atirado alguma coisa nele?
O que tinha acontecido?
O médico, sempre presente durante os jogos para o caso de emergências, saiu correndo na direção do árbitro.
Meu pai também desceu as arquibancadas e entrou no campo.
— Abram espaço! Ninguém se aproxime! — exclamou.

Nós nos olhamos, assustados.

Nunca tinha visto nada igual.

O árbitro estava caído no meio do campo.

O médico o examinava.

E meu pai observava a cena, enquanto fazia gestos para que nós não chegássemos perto.

— Você acha que ele morreu? — perguntou Aflito.

— Deixa de bobagem — respondi.

Durante um bom tempo só se ouviam murmúrios. Ninguém se atrevia a se mexer.

Até que finalmente o médico se levantou.

— É grave? — perguntou meu pai.

O médico fez que não com a cabeça. Ele parecia bem desconcertado.

— O que ele tem? — insistiu meu pai.

— Está dormindo — respondeu.

— Como assim?

— O árbitro está dormindo — repetiu o médico.

13

Vou repetir caso alguém não tenha entendido.

O árbitro caiu no sono no meio da partida.

Ele estava caído bem no centro do campo, dormindo profundamente.

Aliás, prestando atenção, ele roncava um pouco.

Os treinadores dos dois times foram os primeiros a se aproximar dele e tentar acordá-lo.

— E aí, está tudo bem ou não? — perguntou o pai do Camunhas.

— Sim, ele está dormindo — respondeu meu pai.

— É preciso acordá-lo — disse uma senhora bem gorda, acho que a mãe do Chouriço.

Alícia jogou água na cara dele.

Nada.

O homem nem se mexia.

Como ninguém conseguia acordá-lo, alguns pais entraram no campo, o sacudiram e deram tapinhas na cara dele e pelo corpo todo.

Quase todos os adultos estavam ali, ao redor do árbitro.

Todos menos um: o homem de bigode e boné. Quando olhei de novo para as arquibancadas, ele tinha desaparecido.

Acho que alguns que estavam ali, no gramado, aproveitaram para dar um tapinha no árbitro.

Mas nem assim. Não houve jeito de acordá-lo.

Aquilo me fez lembrar de quando minha mãe cai no sono no sofá e, vez ou outra, meu pai, assim que chega do trabalho, a pega no colo e a carrega até o quarto.

Talvez o árbitro tivesse passado muitos dias sem dormir e ficado tão cansado a ponto de cair no sono. Uma vez li num livro que um homem e uma mulher tinham ficado oito dias sem dormir dançando tango, que é uma dança argentina. Depois disso, ao que parece, dormiram vinte e quatro horas seguidas.

Não acho que aquele árbitro tivesse dançado tango.

Mas nunca se sabe.

O caso é que, sem árbitro, o jogo não podia continuar.

No Campeonato Interescolar, só tem um árbitro por partida. Não há bandeirinha, nem árbitro reserva, nada disso.

Apenas um por partida.

No fim das contas, colocaram o árbitro numa maca e o levaram do campo.

Ele ainda estava dormindo, com expressão de felicidade, sorrindo.

E com o braço ainda esticado, apontando para o gol.

Nós ficamos ali, no gramado, esperando.

Meu pai informou que tinha ligado para a Federação de Futebol 7 e iam mandar um árbitro reserva logo.

— Não se preocupem — disse.

Meu pai, às vezes, mais que policial, parece um faz-tudo. Sempre que há um problema, seja qual for, ali está ele.

— Mas quanto tempo vai demorar? — perguntou Felipe.

— Disseram que muito pouco. O reserva já foi avisado; é coisa rápida — respondeu meu pai.

Alícia e Felipe nos colocaram para fazer exercícios no campo para que não esfriássemos.

Em menos de meia hora, o árbitro reserva apareceu.

Ele até já estava de uniforme.

— Bom dia — cumprimentou.

Era muito jovem, bem magro, com jeito de rapaz estudioso. Não parecia muito contente. Pelo visto, o pegaram estudando para uma prova muito importante.

— Rubens Gordilho, ao seu dispor. Vamos ao que interessa — falou ele. — O segundo tempo tinha acabado de começar quando aconteceu o incidente, certo?

— Tinha passado exatamente um minuto — respondeu Alícia. — Eu sei, porque olhei o relógio quando vi o árbitro no chão.

— É isso mesmo — confirmou o treinador do Axia. — Um minuto.

— Muito bem. Nesse caso, restam 29 minutos de jogo — declarou o árbitro reserva. — Vamos começar, que estou com um pouco de pressa.

E foi direto ao centro do campo com a bola.

Mas, antes que apitasse, apareceu mais uma pessoa.

Era um cara bem baixinho, que eu nunca tinha visto na vida, mas parecia ser muito importante.

— Desculpem pelo inconveniente — disse assim que chegou. — Jerônimo Florente, presidente da Federação de Futebol 7.

— Um prazer conhecê-lo — cumprimentou meu pai, estendendo a mão. — Sargento Emílio Gimenez, do corpo da polícia municipal.

Mais uma vez tivemos que parar tudo, porque os treinadores dos dois times e o presidente começaram a se cumprimentar e a falar sobre o estranho incidente do árbitro adormecido.

O árbitro reserva já estava a ponto de subir pelas paredes. Parecia impaciente.

— Desculpem interromper, senhoras e senhores — disse ele —, mas temos uma partida a jogar.

— Claro, claro — concordou o presidente. — Viemos para isso.

E por fim o jogo recomeçou.

Só que, claro, não era mais a mesma coisa.

Eu não tinha a posse de bola.

Nem a chance de gol.

Nada.

Em vez disso, o árbitro reserva determinou fazer a saída no centro do campo.

— Mas eu estava com a bola — reclamei.

— Isso você é quem está dizendo — respondeu ele. — Eu não vi e, além disso, o regulamento é muito claro sobre esse ponto.

— Talvez o senhor não tenha visto — disse eu —, mas as duzentas pessoas que estão aqui, sim. Pergunte a qualquer uma.

— Veja, meu jovem, um árbitro não pergunta aos jogadores nem ao público o que tem que fazer — falou, muito seguro. — E, se continuar reclamando, vou tirar o cartão.

Dei de ombros.

Era melhor ficar calado se não quisesse me encrencar.

E nada mais voltou a ser igual.

Acho que os jogadores dos dois times, os treinadores, o público, enfim, todos os presentes estavam mais preocupados com o que tinha acontecido com o árbitro que com o jogo em si.

Toda a concentração com que chegamos depois do intervalo desapareceu.

E, para piorar, parecia que o árbitro reserva não tinha ido com a cara da gente.

Não apitou falta alguma a nosso favor.

E Chouriço passou todo o segundo tempo dando caneladas em mim, na Helena e no Toni.

Mas ninguém parecia se dar conta.

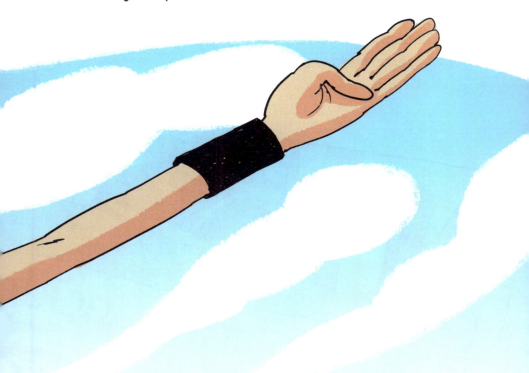

O pai do Camunhas, que sempre reclama, nesse dia não reclamou nenhuma vez.

Em vez disso, ficou conversando com o presidente da federação, com meu pai e com outros pais do Axia, comentando que incrível aquilo que tinha ocorrido com o árbitro.

Na real, ver um árbitro adormecido no meio de uma partida é bem estranho.

Mas muita coisa estava em jogo para nós, e todo mundo parecia ter se esquecido disso.

Então, quase sem a gente perceber, o árbitro reserva apitou o final do jogo.

Axia, 1. Soto Alto, 0.

Helena e eu nos olhamos.

Tínhamos perdido o primeiro dos três jogos. A coisa estava ficando cada vez mais difícil.

14

O árbitro adormecido ficou bem famoso naquela semana. Ele se chamava Telmo Ruiz e aquele era seu segundo ano no Campeonato Interescolar. O caso chamou tanta atenção que na segunda-feira seguinte a tevê local fez uma reportagem a respeito. E depois deram uma página inteira no jornal *Marca* com uma manchete enorme que dizia: "O árbitro adormecido". Ele também apareceu em muitos outros lugares.

Em todas as entrevistas, Telmo afirmava não se lembrar de nada, só que tinha adormecido de repente.

— Ele tem uma doença chamada narcolepsia, em que as pessoas caem no sono de repente sem se dar conta — explicou Aflito, que conhece todas as doenças do mundo.

Mas na reportagem da tevê diziam que fizeram um monte de testes nele no hospital e que não encontraram nada. Telmo não tinha nenhuma doença nem havia nenhuma explicação médica. Nada.

Ninguém sabia dizer qual era a causa.

— Talvez ele tenha um problema no coração, como minha avó, que também caía no sono — disse Tomás.

— O árbitro tem vinte anos. Acho difícil ele ter um problema no coração — respondeu Anita.

O árbitro adormecido era um verdadeiro mistério.

Cada um tinha sua teoria.

— Acho que ele estava cansado, caiu no sono e agora tem vergonha de dizer — opinou Camunhas.

Por um instante, todos ficamos pensando que era uma possibilidade.

Camunhas quase sempre diz a primeira coisa que lhe passa pela cabeça, alguma hora tem que acertar.

Então Felipe e Alícia chegaram. Pareciam estar de mau humor.

— Chega da história do árbitro. Vocês estão esquecendo o mais importante: que perderam o jogo — disse Felipe, bem sério.

Ficamos em silêncio. Quando ele fala assim, parece muito mais velho. Suponho que seja por causa da barba e tal.

Mas Alícia sorriu, disse que ainda nos restavam duas partidas e que dava para salvar o time, que tínhamos jogado bem e que eles confiavam na gente.

— Nós dois confiamos em vocês, não é mesmo, Felipe?

— Sim, isso mesmo — respondeu ele, ainda muito sério. — Vou contar uma coisa para vocês. Conhecem a história da rã e do escorpião?

Todos nos entreolhamos.

Eu nunca tinha ouvido essa história.

— Eu conheço a história do Caco, o sapo — disse Toni, que sempre tinha que bancar o engraçadinho.

— Pois essa é muito melhor — falou Felipe.

E nos contou o seguinte:

Havia um escorpião que queria cruzar um lago muito profundo. Ele estava na borda olhando para a água quando viu uma rã nadando e lhe perguntou:

— Rã, você poderia me ajudar a chegar ao outro lado?
— Sinto muito, escorpião, mas não confio em você. Se eu colocá-lo em cima de mim, com certeza vai me envenenar com sua picada e eu me afogarei.
— Não, não, não vou picá-la — garantiu o escorpião. — Se eu fizer isso e você se afogar na água, morreríamos os dois.
A rã ficou pensando e se deu conta de que o escorpião tinha razão.
— Tudo bem — disse ela. — Suba.
E assim fez o escorpião.
Quando estavam na metade do lago, com a rã nadando, o escorpião a picou.
A rã ficou perplexa.
— Por que você me picou? Agora eu me afogarei e morreremos os dois.
Ao que o escorpião respondeu:
— Não pude evitar. É minha natureza.

— Essa é a história da rã e do escorpião. Vocês entenderam? — quis saber Felipe.
— Sim — respondeu Aflito. — Nós somos o escorpião e vamos nos afogar porque é nossa natureza.
— E a rã, quem é? O Axia? — perguntou Tomás.
— Certamente não, porque o Axia não se afogou — ponderou Helena.
— Então a rã somos nós e o escorpião é a Associação de Pais, que nos picou, e, por culpa deles, vamos nos afogar — concluiu Camunhas.

— Mas ainda podemos nos salvar se ganharmos um jogo — disse eu.

— Então não somos nem a rã nem o escorpião — falou Anita.

— Vejamos — interrompeu Felipe. — Só quero que vocês pensem em uma coisa: qual é a natureza de vocês? Vamos deixar que o time acabe ou vamos fazer alguma coisa para evitar isso? Queremos continuar jogando do mesmo jeito, porque é nossa natureza, ou conseguiremos mudar?

Ficamos quietos, pensando.

Qual era nossa natureza como time?

Alícia se aproximou do Felipe e lhe disse algo no ouvido.

Pela primeira vez, depois de um tempo, parecia que eles voltavam a ser dar bem um com o outro.

Então Marilyn levantou a mão.

— O que é, Marilyn? — perguntou Felipe.

— Bem, eu estava pensando numa coisa, talvez não tenha importância, mas vou dizer assim mesmo. Você é o escorpião e a Alícia, a rã, e você se empenha para que se afundem porque é sua natureza. Em outras palavras, você não quer ser namorado da Alícia por causa da sua natureza, ainda que no fundo seja isso que queira.

Felipe ficou vermelho como um tomate.

E Alícia começou a rir.

— Bem, bem, vamos mudar de assunto? — desconversou Felipe.

— Mas eles não mudaram de assunto. Continuam falando da rã e do escorpião... — rebateu Alícia, que parecia estar achando muita graça.

Tive vontade de dizer ao Felipe que eu também não queria ter namorada e que era para ele não se preocupar tanto. Afinal, éramos os Futebolíssimos e, o que quer que acontecesse, jogaríamos juntos para sempre.

Mas logo me dei conta de que nosso pacto era secreto e não podíamos dizer nada a ninguém.

Entre as risadas e as brincadeiras, acabou o treino.

— Muito bem — disse Felipe. — Não quero mais nenhuma distração esta semana, combinado? Vocês têm que estar cem por cento com o time.

Isso não era problema.

Cem por cento com o time.

Sem distrações de nenhum tipo.

Felipe só não contava com duas coisas:

1) Minha mãe.

2) Minha prova de matemática.

15

Eu não sei se o problema é que eu não entendo matemática ou se é ela que não me entende.

O fato é que quase sempre me dou mal.

E olha que eu tento, mas não consigo me interessar nem um pouco.

— Está bem. Entendo a gente ter que aprender sobre os rios, as cidades e os países — disse eu. — Também percebo a importância de saber falar e escrever bem e, claro, somar, subtrair, multiplicar, tudo isso... Mas a quem importa a área de um círculo ou de um triângulo isósceles, ou o perímetro de uma circunferência, ou sei lá o quê?

— Importa para o pessoal da Nasa que manda robôs para Marte — respondeu minha mãe. — Eles se importam com a área de um círculo porque sem isso não dá para mandar um robô nem nada para lá.

— Mas eu não quero mandar um robô pra Marte, mãe. Só ganhar o jogo de sábado contra o Islantilha.

— Você é quem sabe. Se não estudar agora, vai passar o verão em casa com a matemática — disse ela.

— Quer saber pra que serve matemática? — soltou Victor. — Pra fazer a raiz quadrada de zero e saber que essa é a chance de vocês ganharem o jogo, pirralho.

Meu irmão é muito bom de matemática. É burro para muitas outras coisas, mas, por algum motivo que eu não entendo, sempre tira nota alta em matemática.

— E o que importa pra você se a gente perder ou ganhar? — retruquei.

— Pra mim, importa tanto quanto vocês pularem de uma ponte — respondeu meu irmão.

— Victor, por favor, não fale assim! — repreendeu minha mãe.

— Mas eu não falei nenhum palavrão... — reclamou ele.

— Você sabe muito bem a bobagem que disse, por isso não me irrite — afirmou ela. Em seguida, olhou para mim. — Preste atenção, Francisco. Eu pedi folga da loja no sábado para ver você jogar. Mas agora, durante a semana, faça o favor de se concentrar na bendita matemática. Estude e passe. E logo chegará a partida.

Então, pensei: "Eu não gosto de matemática. Eu gosto muito mais de futebol. No entanto, se eu me der mal em matemática, não poderei jogar futebol no verão, porque minha mãe já disse que eu terei que estudar, e nada de sair de casa. Por isso matemática e futebol agora estão diretamente relacionados".

— Pois, sim, caros alunos, matemática e futebol estão mais relacionados do que imaginam — disse Mutuca.

Mutuca é meu professor de matemática.

Cada vez que ele fala, faz um zumbido que parece uma mosca voando: "Zzzzzzzzzzzzz".

Por isso o chamam de Mutuca.

— Mas o que uma coisa tem a ver com a outra? — perguntou Camunhas.

— Muito — respondeu Mutuca. — Com o cálculo de probabilidade, podemos saber quais as chances de um time ganhar o campeonato, por exemplo, ou de ganhar um jogo, ou de fazer certo número de gols, ou...

— Me desculpe — interrompeu Camunhas, que me deu uma cruzada de olhar antes de se voltar para Mutuca. — Então, com o cálculo de probabilidade, poderíamos saber quais chances temos de ganhar neste sábado?

Todos olharam fixamente para Mutuca.

Acho que era a primeira vez que toda a classe realmente se interessava pelo que ele tinha a dizer. Por um momento ele pareceu hesitar.

— Zzzzzzzzzzzzzzzzzz — começou ele. — Não dá para saber com certeza, mas podemos calcular uma porcentagem aproximada de possibilidades. Quer dizer, tentar descobrir a probabilidade em função do número de fatores. E, quanto mais fatores levarmos em conta, mais confiável será essa probabilidade.

Em resumo: era possível saber quais chances tínhamos de ganhar o jogo.

Pedimos então ao Mutuca, por favor, que fizesse as contas quanto antes.

Ele relutou no início, dizendo que íamos nos atrasar com a matéria e que não dava para perder tempo com uma partida de futebol.

Porém, ao nos ver tão interessados, acabou cedendo:

— Bem, turma, vamos fazer um exercício. Vejamos os fatores que devem ser levados em conta...

E, pela primeira vez na minha vida, a matemática parecia superinteressante.

Nós éramos os últimos colocados do campeonato. O Islantilha estava em antepenúltimo lugar. Se eles perdessem, poderiam ser rebaixados. Esse era um fator muito importante.

Outro fator-chave era que o jogo seria no campo deles, e todos os pontos que eles tinham conseguido, menos um, justamente contra a gente no primeiro turno, haviam sido em casa.

Mais um fator a levar em conta: vínhamos de uma sequência horrível de seis derrotas seguidas; eles, porém, tinham melhorado nos últimos jogos e conseguido dois empates e uma vitória.

Também havia o fator climático. Ao que parecia, segundo as previsões do tempo, choveria no sábado, e quando chove há menos gols.

Por último, havia o fator sorte, uma incógnita que se divide em porcentagem igual entre todos.

Mutuca fez as contas e disse:

— Segundo esses fatores, a probabilidade de que o Islantilha ganhe o jogo é de 50%; a de que haja empate, 35%; e, por último, a de que o Soto vença, 15%.

Ou seja, dito de outro modo, de cada 100 partidas que nós jogássemos com o Islantilha, ganharíamos 15.

Melhor que nada.

— E agora? O que faremos com essas probabilidades? — perguntou Camunhas, que não parecia muito satisfeito.

— Cada um que tire as próprias conclusões — respondeu Mutuca. — Mas, sobretudo, saibam que, ainda que a matemática e a probabilidade não sejam infalíveis, elas podem nos ajudar a entender melhor as coisas que acontecem na nossa vida.

Camunhas, Aflito e eu nos olhamos.

— Eu sabia que a gente tinha muito pouca chance — resmungou Aflito.

— Ah, 15% até que não está mau — disse eu, tentando me animar.

— E, além disso, há outros fatores que não conseguimos colocar nesse cálculo de probabilidade, como o estado físico de cada jogador, a qualidade individual e muitas outras coisas — completou Camunhas.

— Com certeza, se tivéssemos usado mais fatores, nossa chance seria ainda menor — resmungou de novo Aflito.

Claro que havia um motivo para o chamarem assim.

15%.

Essa era nossa probabilidade de vencer.

Depois da aula de matemática, vieram os beijos.

16

Tomás chegou com a notícia durante o recreio.

O time todo falava do jogo de sábado e do Islantilha, e Camunhas comentava sobre a coisa da probabilidade quando Tomás apareceu correndo.

— O que foi? — quis saber Marilyn.

— Então, é que... que... — respondeu Tomás, que não conseguia nem respirar por causa da corrida — que... a Alícia e o Felipe se beijaram.

— O quê?! — exclamou Camunhas.

— E como é que você sabe? — perguntou Toni.

— Sei porque meu pai fica sabendo de tudo na padaria — respondeu Tomás.

O pai do Tomás é o dono da padaria que fica na praça da nossa cidade. De fato, por ali passa muita gente e todo mundo fala das suas coisas. Às vezes parece que as pessoas vão até a padaria mais para conversar que para comprar pão.

— E o que ele ficou sabendo? — indagou Anita.

Tomás estava rodeado por todos nós e, entre a corrida que tinha dado e a gente que quase não o deixava se mover, parecia bem agoniado.

— Só vou falar o que meu pai disse — respondeu.

— Mas, vejamos — falou Helena. — Seu pai disse: "A Alícia e o Felipe se beijaram"?

— Não assim — explicou Tomás. — A gente estava tomando café da manhã e então ele falou: "E agora esses dois andam se beijando por aí. Com essa história de que de repente vão ficar sem time, a única coisa que ocorre a eles é ficar se agarrando na frente de todo mundo, só faltava essa". E eu perguntei de quem estava falando e ele disse: "Desses seus dois treinadores, o barbudo e a magrela. Bem que eu avisei que não era boa ideia ter dois treinadores para um time, ainda por cima um homem e uma mulher. Onde já se viu uma coisa dessas?". E eu perguntei de novo: "Mas você viu os dois se beijando?". Ele estava muito zangado e falou que a cidade inteira tinha visto, na noite anterior, os dois se beijando no parque, na rua, por toda parte e que, se no sábado o Soto Alto perdesse o jogo, todo mundo ia ficar rindo da gente... E disse mais algumas coisas que agora não lembro, mas isso é o mais importante, eu acho.

Tomás ficou sem ar depois de falar isso de uma só vez.

E a gente olhava para ele, se perguntando como tinha conseguido dizer tantas coisas em tão pouco tempo.

— Que desgraça! — exclamou Aflito.

— Eu acho isso bem bonito — suspirou Anita.

Bonito?

Só tem uma coisa pior que matemática.

Beijos.

— Hum, vejamos, foram beijos de língua ou só estalinhos? — perguntou Toni.

— Que diferença faz? — disse Camunhas.

— Não são a mesma coisa. Qualquer um que tenha dado um beijo na vida sabe muito bem que uma coisa é um beijo de verdade e outra, um beijo sem importância — explicou Toni, como se fosse especialista no assunto.

— Parece que você sabe muito sobre beijos — comentou Helena.

E então ele riu.

E ela também.

Eu olhei para eles e pensei: "De que esses dois estão rindo?".

Não deu para falar mais, porque tínhamos que voltar para a sala.

Assim que a campainha tocou, Toni me pegou num canto e disse que precisava falar comigo um instante.

Aquilo era muito estranho; Toni nunca falava comigo...

— O que você acha dos beijos, Canela? — perguntou ele.

— Eu?

— É, você.

— Dos beijos de modo geral ou dos beijos da Alícia e do Felipe?

Então ele riu, como se eu tivesse dito uma coisa muito engraçada.

— Vejamos, Canela. Acho que você já deve ter percebido, né?

— O quê? — perguntei, sem ter a menor ideia do que ele estava falando.

— Você sabe, a Helena e eu — respondeu ele.

O que significava "a Helena e eu"?

Eu tinha percebido que vinham se dando superbem, que riam muito e tudo o mais.

Mas continuava sem saber o que ele queria dizer.

— Não sei do que você está falando — disse eu.

— Estou falando que a Alícia e o Felipe não são os únicos que se beijaram — afirmou ele, bem tranquilo.

— Você quer dizer... — Não consegui terminar a frase, porque ele me interrompeu.

— Quero dizer que eu e a Helena já nos beijamos — disse ele. — Mais de uma vez, mas isso agora não vem ao caso.

Senti minhas pernas tremerem.

E o chão sumir sob meus pés.

Helena e Toni?

Tinham se beijado?

— E eu com isso? — falei.

— Tá, tá, com certeza você não está nem aí. Eu só queria que soubesse, já que a gente é do mesmo time e tudo o mais.

E foi embora.

Eu fiquei sozinho ali, no meio do pátio.

Durante uns segundos, não consegui me mexer.

17

Helena e Toni?!
Helena e Toni, o artilheiro fominha e supermetido?
Não era possível.

— O que é que foi? Está com ciúme, é? — perguntou Camunhas.

— Não estou com ciúme! — exclamei. — É só que... que eu me preocupo com a Helena, porque ela é minha amiga e porque com certeza esse... Toni... bem, logo ela vai se dar conta de que não... bem... que não... Como é que ela foi beijar o Toni?

— Eles vão namorar, casar e ter filhos, Canela — disse Aflito.

Eu não estava nem aí para o que Helena fazia, porque

eu não gostava dela, mesmo que tivesse os maiores olhos que eu já tinha visto na vida, que fosse a mais bonita do 5º A e do 5º B e de todas as turmas de 5º ano de Sevilhota e arredores.

— Mas justo o Toni? Por que ele?

— Vamos ver, quer que eu te explique? — perguntou Camunhas.

Porém quem começou foi Aflito:

— Porque ele é o melhor do time e do colégio e talvez seja o melhor de toda a cidade.

— E porque é bonito — continuou Camunhas.

— E como você sabe se o Toni é bonito ou não? — disse eu.

— Ele é bonito, todo mundo sabe disso — afirmou.

— E porque o Toni é o mais popular do colégio e o Facebook dele é superengraçado e tem mais curtidas e mais amigos que todo mundo.

— E porque o pai dele tem uma fábrica de batatas fritas, e as batatas fritas são grátis pra ele.

— E porque ele tem um PlayStation, um Xbox e uma tevê de "mil" polegadas.

— E porque...

— Tá bom, tá bom — falei. — Ele pode ser tudo isso, mas é o Toni goleador, fominha e supermetido.

— Eu não acho que seja tão fominha, não — arrematou Camunhas.

— Eu também não.

— Mas, afinal, de que lado vocês estão? — perguntei.

— E tem dois lados? — retrucou Aflito.

— Achava que você não se importava com o que a Helena fazia.

— Eu não me importo nem um pouco — garanti. — Mas não consigo acreditar nisso.

Era impossível que Helena estivesse por aí dando beijos no Toni.

Mas, para ter certeza, só havia uma pessoa a quem eu podia perguntar.

A própria Helena.

Naquela tarde, não consegui me concentrar no treinamento, porque fiquei o tempo todo com Helena e Toni.

Eles pareciam se comportar como sempre, mas não tirei os olhos deles.

Não os vi fazendo nada diferente do normal. Só conversavam e coisa e tal.

Se bem que, pensando melhor, eu não tivesse a menor ideia do que fazem as pessoas que se beijam, por isso não sei do que eu deveria me dar conta.

Estava tão concentrado olhando para eles que não prestei atenção em Felipe e Alícia. Os outros, sim.

— Olha, eles não estão se falando — comentou Marilyn.

— São como o Cristiano e o Messi. Nem se olham quando se encontram — continuou Oito.

Pelo visto, ele tinha razão. Felipe e Alícia estavam muito tensos.

Era o mundo virado de ponta-cabeça.

Ou seja, primeiro se beijavam e depois ficavam sérios.

Não há quem entenda essa coisa de beijos.

Nunca, nunca na minha vida quero beijar uma menina.

Depois do treinamento, Helena e eu voltamos juntos para casa, como sempre.

Não era Toni quem a acompanhava, e sim eu.

Tudo parecia tão normal quanto em qualquer outro dia.

Íamos os dois caminhando para casa.

Bem tranquilos.

Por um momento, pensei que Toni com certeza tinha inventado a história dos beijos. De qualquer modo, eu precisava esclarecer tudo aquilo.

— Helena, queria te perguntar uma coisa.
— É?

Ela me olhou, esperando. E, quando Helena olha para você, não é como uma pessoa qualquer olhando, porque seus olhos enormes parecem ler sua mente.

Eu não consegui dizer nada, e estávamos chegando.

— Não ia me perguntar alguma coisa, Canela?

Já estávamos na porta da sua casa.

Era aquela hora ou nunca.

— Bem, e então, o que você quer me perguntar?

— Eu... bom, não era nada importante — respondi.

Se eu perguntasse para ela se tinha beijado Toni, ia parecer um idiota. E, se não perguntasse, ia ficar com a dúvida a semana toda.

Ela estava na minha frente.

Estávamos sozinhos.

Era aquela hora ou nunca.

— Preciso entrar — disse ela.

— Tá, eu pergunto outro dia, é uma bobagem — falei.

— Como quiser.

Helena sorriu.

E entrou pelo portão.

18

O Islantilha é de um vilarejo chamado Serra do Carvalho.

Como nós somos sete, mais dois reservas, mais os treinadores, podemos ir de micro-ônibus quando temos um jogo em outra cidade.

As viagens de micro-ônibus costumam ser muito divertidas, porque Felipe coloca música e o Gervásio, que é o motorista, começa a cantar, e Alícia conta piadas tão bem que todos nós choramos de rir.

Dizem que esse tipo de coisa "fortalece o time".

No entanto, daquela vez, o clima era totalmente outro. Todo mundo estava sério e calado. E nada de música.

Alícia e Felipe não se falavam.

O motorista não cantava.

E nós íamos olhando pela janela.

Exceto Camunhas, que estava concentrado no seu *game*.

O Islantilha não era tão bom quanto o Axia, muito menos quanto o Santo Ângelo. Na verdade, como eu já disse, eles também podiam cair para a segunda divisão se perdessem os últimos jogos.

Precisamente por isso aquele seria um jogo tão perigoso. Eles lutavam para não ser rebaixados, como a gente.

Além disso, jogavam em casa, um fator que influencia muito, como Mutuca já tinha deixado claro.

E mais: os pais do Islantilha têm fama de serem os mais gritalhões e reclamões do Campeonato Interescolar.

Há um rumor de que uma vez atiraram uma moringa no árbitro.

Cheia de água.

Eu não acredito nisso, até porque hoje em dia ninguém usa moringas.

Mas é o que dizem.

O certo é que, no início da temporada, os torcedores do Islantilha invadiram o campo porque o árbitro marcou um pênalti contra eles.

Como punição, o comitê os obrigou a jogar metade do ano sem a torcida e deu a partida como perdida.

Agora, no entanto, isso era passado.

Quando o micro-ônibus se aproximou do campo do Islantilha, dava para ouvir um tambor e os cantos e gritos dos pais e de todos os torcedores da Serra do Carvalho que tinham ido apoiar o time.

Eu pensava que essas coisas só aconteciam no Calderón, no Bernabéu ou no Camp Nou, que é o maior estádio da Espanha e onde cabem cem mil pessoas. Segundo Camunhas, quando as pessoas gritam gol ali, o barulho pode ser ouvido na França.

Mas, ao que parece, também há muitos torcedores em Serra do Carvalho.

Da nossa parte, vieram os pais do Camunhas, os do Toni e os da Anita, que não gostam de futebol e são os que propuseram que o time acabasse se perdêssemos, porém vão a todos os jogos, e outros que, como eles, eram da Associação de Pais, mas não tinham nenhum filho no time e, na real, não sei o que estavam fazendo ali.

Meus pais também vieram.

Minha mãe tinha pedido a manhã livre na loja.

Ela se sentou ao lado do meu pai e, quando viu a algazarra dos torcedores do Islantilha, falou:

— Prepare-se, Emílio, talvez você tenha que agir.

Meu pai disse que ela não precisava exagerar, embora aquela fosse mesmo uma partida de alto risco. E era por isso que até Jerônimo Florente, o presidente da Federação de Futebol 7, estava lá. Dessa vez, porém, não cumprimentou meus pais nem ninguém e se sentou sozinho, parecendo muito sério e concentrado.

Então notei mais uma vez o homem de bigode e boné.

E me dei conta de por que ele me pareceu familiar quando o vi no jogo contra o Axia.

Era Chacon, o treinador do Islantilha!

Ele estava na lateral, dando instruções a seus jogadores, mas com a mesma cara séria, como se não estivesse nem aí para o que acontecia ao redor.

Quando o jogo começou, só dava para ouvir o tambor e os gritos da torcida do Islantilha.

O barulho era ensurdecedor.

Mal conseguíamos falar uns com os outros.

Alícia, de pé, nos fazia gestos para que jogássemos

juntos e também dizia alguma coisa, mas não tinha ideia do que era, porque não conseguia escutá-la.

O fato é que jogamos o primeiro tempo no meio daquela gritaria.

— Não deixem eles respirar! — gritou um pai do Islantilha.

— Até a morte! — gritou outro.

— Não deixem eles nem se mexer! — gritou uma mãe

que carregava uma trombeta e, entre um grito e outro, levantava sem parar.

Na real, tanta gritaria assustava um pouco.

Logo nos primeiros minutos, assim que pegávamos a bola, centenas de torcedores do Islantilha se erguiam e nos vaiavam, nos insultavam, como se quisessem nos comer vivos.

Então não dávamos uma dentro.

Mas aí percebi uma coisa.

Um dos jogadores do Islantilha, o número 4, tinha o rosto perturbado e parecia estar tremendo.

Olhei para outro e ele também dava a impressão de estar bem nervoso.

E a menina no gol mais ainda.

Era isso!

Os jogadores do Islantilha estavam mais assustados que a gente!

A pressão e os gritos dos pais e de todo mundo ali no campo os deixavam muito tensos.

Quando me dei conta disso, tudo mudou.

Passei ao lado da Helena e lhe disse:

— Repara neles. Estão com mais medo que a gente.

Era normal.

Eles também lutavam para não ser rebaixados.

Além do mais, jogavam em casa.

Seus pais, parentes e conhecidos estavam todos ali. E pareciam dispostos a qualquer coisa para vê-los ganhar.

Helena contou para Marilyn, que, por sua vez, contou para Camunhas... e assim foi até que todos nós nos olhamos e percebemos que não havia o que temer.

Por mais que gritassem e nos xingassem, éramos sete contra sete.

E eles tinham mais a perder que a gente.

A partir daquele momento, começamos a jogar futebol. De verdade.

20

No segundo tempo, aconteceu algo incrível.

Felipe e Alícia, muito felizes, disseram que estavam emocionados e que o gol que havíamos feito tinha um efeito psicológico. Então, precisávamos aproveitar isso e fazer outro, para encerrar a partida.

Também deram os parabéns ao Toni.

A jogada tinha sido minha e Toni havia descaradamente me roubado a bola, no entanto foi ele quem recebeu os parabéns.

Só Camunhas e Aflito me deram um tapinha no ombro.

Helena disse "boa jogada" e depois abraçou Toni.
Não era um abraço normal entre colegas de time.
Era um abraço diferente.
Não sei explicar.

Talvez tenham ficado uns dois ou três segundos abraçados, ali no meio, só que para mim pareceu uma hora.

No segundo tempo, eu ia provar ser tão bom quanto Toni.

Pois, além de fominha e supermetido, ele tinha acabado de mostrar que era mesmo um Roubagols.

Os jogadores do Islantilha também entraram muito mais fortes que no primeiro tempo.

Mas estávamos decididos.

Aos quatro minutos, aconteceu uma coisa que eu nunca tinha visto, nem voltaria a ver: Tomás dominou a bola e deu um passe e tanto.

Depois ele explicaria que, na verdade, queria botar a bola para fora pela lateral, mas o fato é que saiu um passe quase perfeito nas costas dos zagueiros do Islantilha.

Eu me livrei da marcação, cheguei por trás e a bola caiu bem no meu pé.

Incrivelmente, Tomás tinha dado um passe de craque.

Mas lá vinha eu, entrando na área, sozinho outra vez. E Toni não estava perto para me roubar a bola.

Quem estava era o zagueiro do Islantilha, que me deu um empurrão e, ao mesmo tempo, uma rasteira, bem quando entrei na pequena área.

Pênalti e expulsão claríssimos. Todo mundo viu.

Daquela vez, sim.
Ali do chão, procurei o árbitro.
Mas ele não estava em parte alguma.
— Árbitro, foi pênalti! — gritei.
Só que o homem não me ouviu, porque estava...
... CAÍDO NO CHÃO, NO MEIO DO CAMPO.
O árbitro tinha adormecido, outra vez!
Como podia acontecer algo assim?
Seria alguma piada?
O que significava aquilo?
O árbitro era outro, não o mesmo da partida contra o Axia, mas havia ocorrido a mesma coisa.
Logo depois do início do segundo tempo, ZÁS.
Dormindo.
Outra vez?!

Era impossível que aquilo estivesse acontecendo de novo. Mas o fato é que estava.

Felipe e Alícia correram até o árbitro.

Chacon, o treinador do Islantilha, também vinha na direção dele, embora sem pressa e com a mesma expressão séria, sem mover um músculo da cara sequer.

Alguns pais, que instantes antes gritavam sem parar, ficaram mudos e também se aproximaram do árbitro.

E então apareceu o presidente da Federação de Futebol 7, Jerônimo Florente, parecendo preocupado.

— Ai, meu Deus! — exclamou.

O médico de Serra do Carvalho se aproximava para examinar o árbitro, mas era um homem bem velho, acho que avô de um dos jogadores, e andava tão lentamente que no fim das contas o próprio Chacon tomou o pulso dele.

— Está dormindo — declarou, sério como sempre.

Isso a gente já sabia.

Por isso, quando o médico finalmente chegou e disse para todo mundo, depois de examinar o árbitro, que ele estava dormindo, ninguém ficou surpreso.

Todos diziam a mesma coisa.

— Uma vez pode ser um acaso. Mas duas já é uma conspiração! — afirmou o pai do Camunhas com os olhos arregalados voltados para meu pai.

— Não vamos nos precipitar, por favor — disse meu pai. — Vamos começar pelo início. Temos que tirar esse jovem daqui quanto antes.

— E depois retomar a partida — declarou o treinador do Islantilha.

Chacon tinha uma voz muito grave, como a desses personagens dos desenhos animados que parecem ter engolido um rádio.

Mas ele tinha razão. A partida precisava continuar.

— Já chamei o árbitro reserva — informou Jerônimo Florente, o presidente da federação. — Sem pânico, por favor!

— Isso é muito estranho! — insistiu o pai do Camunhas, bastante irritado.

— Camunhas, por favor... — pediu meu pai. — Ainda não sabemos o que aconteceu.

— O que aconteceu é que alguém quer que a gente perca — declarou o pai do Camunhas, totalmente convencido do que dizia.

— Essa é uma acusação muito grave — declarou Jerônimo Florente.

— E essa é uma bobagem sem tamanho — provocou Chacon.

— Opa, olha lá o respeito, hein? — respondeu o pai do Camunhas.

Parecia que a coisa ia ficar ainda mais feia.

Todos estavam bem nervosos.

— Vamos lá, calma, gente! — exclamou meu pai. — Isso é um jogo, senhores, e temos que dar o exemplo para nossos filhos.

— Muito bem falado, Emílio — disse minha mãe, que estranhamente tinha ficado quieta até aquele instante. — Se alguém apelar para a violência, você prende e pronto.

— Os únicos aqui que apelam para a violência são os do Soto Alto — acusou Chacon.

— Exatamente — concordou outro pai do Islantilha.

E de novo todos começaram a gritar.

— Acho que o mais sensato seria suspender a partida, e, se vocês não o fazem, a autoridade competente deveria fazê-lo — disse a mãe da Anita, que sempre falava assim, meio esquisito.

O ruim é que ela estava se referindo ao meu pai.

— Em primeiro lugar, eu não tenho autoridade para suspender partida nenhuma — alegou meu pai. — E, em segundo, não acho que haja motivo para suspender nada, porque não aconteceu coisa alguma com o árbitro, ninguém o agrediu nem nada. Ele só está dormindo.

— E você acha pouco, Emílio? — exclamou o pai do Camunhas.

Por fim, Felipe e Alícia decidiram nos pôr para fazer aquecimento.

Embora os mais velhos ainda discutissem, era melhor fazermos nossa parte.

Durante esse tempo todo, eu continuava na área do Islantilha sem me mexer, com cara de quem não estava entendendo nada.

— E ninguém se lembra do meu pênalti? Foi pênalti! — reclamei.

Mas ninguém me deu bola.

21

— Nos meus dois anos de árbitro reserva, não fui chamado nenhuma vez. E, agora, duas semanas seguidas. O que estão fazendo com os árbitros?

O árbitro reserva era o mesmo da semana anterior: Rubens Gordilho.

— Você estava estudando hoje também? — perguntei.

— Olha, o espertinho — disse ele. — Pois, para a sua informação, estava, sim. É época de provas e estou me preparando para a formatura. Mas, muito bem, aqui estou. Todos prontos para reiniciar a partida?

— Eu não — respondi.

Todos me olharam.

— Vai começar? — perguntou o árbitro reserva.

Respirei fundo; eu tinha que ser forte.

— Juro que dessa vez foi pênalti mesmo, todo mundo viu e você tem que marcar, porque o outro árbitro ia apitar — falei, bem depressa.

— Mas ele apitou ou não? — quis saber Gordilho.

— Bem, ele estava quase... mas...

— Ele não apitou nada — interrompeu Chacon, o treinador do Islantilha.

— Mas ele ia apitar — insisti.

Todos recomeçaram a discutir. Alícia disse que tinha ouvido o apito, e o pessoal do Islantilha, claro que não.

— Chega, acabou a discussão. Bola no chão — sentenciou o árbitro reserva. — Vamos, cavalheiros, um pouco de espaço...

— Mas o que você está falando? Quando o árbitro caiu, tinha o braço esticado na direção do pênalti. Que disparate! — reclamou Felipe.

E então o Gordilho se voltou para ele muito sério...

E puxou o cartão vermelho.

— Expulso por desrespeito.

Eu não podia acreditar. Além de nos tirar um pênalti, o árbitro estava expulsando nosso treinador!

Alícia levou as mãos à cabeça.

— O que está fazendo? — protestou. — Ele não o insultou nem nada. Não está certo, você está roubando a partida!

Então o árbitro arregalou os olhos...
E mostrou o cartão vermelho para Alícia também!
Os pais do Islantilha comemoraram. O do tambor começou a bater como um louco. E todos gritavam de novo como se tivessem recobrado o entusiasmo graças aos cartões vermelhos.

Chacon mexeu um pouco no bigode enquanto sorria.

Minha mãe fez como se estivesse no El Calderón.

— Árbitro ladrão! — exclamou ela.

— Joana, por favor — disse meu pai.

E logo se levantou também.

— Árbitro ladrão! — gritou.

Minha mãe o encarou com os olhos arregalados e ele deu de ombros.

— O que é que tem? — disse meu pai. — Além disso, eu falei baixinho, sem querer ofender.

Felipe e Alícia foram para o vestiário e nós ficamos ali sozinhos.

Sem treinadores.

A partir desse momento, tudo deu errado.

22

GOOOOOOOOOOOL!

Todos na arquibancada gritavam que nem loucos.

O do tambor batia tão forte que parecia que ia explodir.

Gooooooooooooooooool do Islantilha!!

Devia dar para ouvir os gritos por toda a região.

O número 8 do Islantilha tinha driblado Tomás e Marilyn e feito um golaço.

1 a 1.

Estávamos sem nenhum treinador.

E bastante desanimados, para falar a verdade.

Da arquibancada, o pai do Camunhas falou para não ficarmos nervosos, pois ainda tínhamos tempo de ganhar.

E minha mãe também nos animou:

— Vamos, Soto Alto! Vocês conseguem!

Mas a verdade é que não tínhamos ideia do que fazer.

Podíamos tentar segurar o resultado: um empate não seria tão ruim, levando em conta como iam as coisas. Mesmo que o resultado não nos salvasse, pelo menos nos garantia um ponto.

Ou podíamos retomar o ataque e tentar ganhar o jogo.

Supondo que nos deixassem.

— Sai daqui, espertinho, que foi tudo culpa sua!

Eu me virei e ali estava Toni.

— Minha culpa? — exclamei.

— Se você não tivesse começado a reclamar por causa dessa besteira de pênalti, não teriam expulsado o Felipe e a Alícia — respondeu Toni.

Por um momento, fiquei sem saber o que dizer.

Olhei para Helena, que estava um pouco mais longe.
— Você também acha que foi culpa minha? — perguntei.
Ela deu de ombros.
— Venha, vamos jogar.
Isso foi tudo o que Helena disse.
E não:
"Não foi culpa de ninguém".
Nem:
"Não fala besteira, Toni".
Só o que ela disse foi:
— Venha, vamos jogar.
O árbitro apitou e falou:
— Vamos, Soto Alto, deem a saída de uma vez ou dou a bola para o Islantilha.
Então demos a saída.
E o jogo continuou.
Mas eu já não estava nem aí.
Só conseguia ouvir o tambor.
E os gritos.
E o tempo todo pensava no olhar da Helena.
Acho que não toquei na bola o resto da partida.
Só corria para lá e para cá.
Sem saber o que fazer.
Chacon, o treinador do Islantilha, não parava de gritar com seu vozeirão e de se movimentar de um lado para o outro, dando instruções aos seus jogadores.
No nosso banco, contudo, não havia ninguém. Bom, só Anita e Oito, com cara de assustados.

Como se soubessem que aquilo não ia acabar bem.
O Islantilha atacava sem parar.
Uma vez e mais outra.
Camunhas fez duas boas defesas.
Mas eles continuavam e continuavam.
E, quase no fim do jogo, conseguiram um escanteio.
Acho que não era escanteio, mas o árbitro parecia implicar com a gente e disse que sim.
O tempo estava acabando.
Então fomos todos para a área, defender.

Essa é uma coisa que Alícia e Felipe sempre dizem para não fazermos, pois é melhor deixar pelo menos um jogador fora da área para o contra-ataque. Desse modo, o time adversário é obrigado a ficar com um zagueiro ou dois e há menos jogadores na marcação.

Mas Alícia e Felipe não estavam ali.

E não havia tempo para nos organizarmos.

Partimos todos para a defesa.

O número 8 do Islantilha bateu o escanteio.

Camunhas saiu para defender com os punhos.

Mas se chocou contra Aflito e não conseguiu.

Tinha gente demais dentro da área.

Por sorte, a bola caiu na frente do Tomás, que poderia chutar para longe.

— Vamos, Tomás! — gritou minha mãe da arquibancada.

No entanto, Tomás fez uma das suas.

Escorregou e nem sequer tocou na bola.

Vendo o que estava acontecendo, Marilyn deu um mergulho para mandar a bola o mais longe possível.

Por muito pouco não a alcançou.

E então chegou o número 10 deles. Um de cabelo cacheado de que nunca vou me esquecer.

Ele fechou os olhos.

E chutou.

Com toda a força.

A bola saiu com tudo.

Parecia voar em câmera lenta.

Camunhas estava caído.

E nós ficamos olhando a bola ir direto para nossa rede.

Eu tomei impulso para cabecear, mas não cheguei a tempo.

A bola subiu, subiu e...

... entrou.

Gol.

Do Islantilha.

Agora, sim, os gritos da arquibancada eram estrondosos. Parecia que tinham ganhado a Champions League.

— Oê, oê, oê, oê!

O tambor estava mais louco que nunca.

Todos se abraçavam e se beijavam.

E nós ficamos jogados no chão sem saber o que fazer nem o que dizer.

O árbitro apitou fim de jogo.

Islantilha, 2. Soto Alto, 1.

Só restava uma partida.

23

Vinte e três perguntas sem resposta.

Como um árbitro podia cair no sono no meio de uma partida?

Como dois árbitros podiam cair no sono no meio de duas partidas?

Como era possível que essas partidas fossem do mesmo campeonato?

E como era possível que o mesmo time, o nosso, estivesse jogando as duas?

O que tinha acontecido com o primeiro árbitro?

E com o segundo?

Eles se conheciam?

Tinham a mesma doença?

Haviam sido afetados pela mesma coisa?

Ou foi pura coincidência?

Algo parecido já havia acontecido em outro lugar do mundo?

Como pudemos ter tanto azar de os dois caírem no sono justamente quando a gente dominava as duas partidas?

Ou não era azar?

Alguém teria armado aquilo?

Mas quem?

Como?

Por quê?

Quem seria o mais interessado em que perdêssemos os jogos?

Na próxima e última partida do campeonato, o árbitro também cairia no sono?

Alguém ia fazer alguma coisa para descobrir o que estava acontecendo?

E a gente, ficaria de braços cruzados?

A polícia ia investigar o caso?

E o mais importante de tudo:

Toni e Helena estavam namorando?

24

— Fizeram mais exames nele que fariam num extraterrestre — disse meu pai enquanto jantávamos.

Ao que parece, examinaram o árbitro da segunda partida o dia todo.

No fim das contas, não encontraram nada de nada.

O segundo árbitro estava perfeitamente saudável.

Assim como o primeiro.

E dessa vez eles também examinaram todos os lugares: o vestiário, a casa dele, o carro... Investigaram a água da casa, a garrafa da qual havia bebido durante o jogo e o intervalo...

Nada de nada.

Mas a notícia não apareceu somente no diário esportivo *Marca* e na imprensa local.

Saiu até no telejornal.

Havia comentários e artigos por toda parte.

No Twitter, #arbitrosadormecidos foi assunto do momento mundial por dias seguidos.

Os dois árbitros foram entrevistados num programa de tevê.

Fizeram um monte de perguntas absurdas para eles.

O segundo árbitro também não se lembrava de nada.

Se eu tivesse estado nesse programa, só teria perguntado uma coisa: se ele se lembrava do meu pênalti.

Mas, em vez disso, queriam saber bobagens da vida e da família deles, se tinham namorada e o que as pessoas falavam para eles na rua.

Os dois sorriam e repetiam várias vezes que não se lembravam de nada.

No treino de segunda à tarde, Alícia e Felipe estavam muito sérios.

— Agora só resta um jogo — falou ela.

— Contra o Santo Ângelo, o primeiro colocado — emendou ele.

O Santo Ângelo tinha que ganhar para ser campeão.

E nós tínhamos que ganhar para não cair para a segunda divisão.

Portanto, o empate não servia para nenhum dos dois.

Aflito levantou a mão.

— Sim? — disse Alícia.

— Acho que o melhor é a gente não jogar. No fim das contas, para passar vergonha, é melhor ficar em casa.

— Aflito, por favor — respondeu Alícia. — Vocês jogaram muito bem contra o Islantilha. Eu diria que foi a melhor partida da temporada, até...

— ... o árbitro cair no sono — completei.

— Exatamente. Até o árbitro cair no sono, Felipe começar a falar e sermos expulsos... — disse Alícia.

— Quer dizer que a culpa foi minha... — comentou Felipe.
— Se você tivesse ficado de boca fechada...
— E se você não tivesse xingado o árbitro reserva...
E os dois começaram a se engalfinhar de novo.

Toni me olhou como quem diz: "Você sabe de quem foi a culpa".

Mas não disse nada.

Felipe e Alícia eram nossos treinadores e tínhamos que respeitá-los.

O fato é que, na última partida, eles não poderiam comandar o time do banco.

— Como punição, fomos suspensos por uma partida — explicou Felipe.

Todos olhamos para ele tentando entender o que isso significava.

— Mas não tem problema — disse Alícia —, porque preparamos vocês muito bem durante a semana... e, durante o jogo, alguém ficará no banco.

— Como assim alguém? — perguntou Helena.

— E vocês? — completou Camunhas.

— Estaremos nas arquibancadas, mas não poderemos falar nada durante o jogo, por causa da suspensão — explicou Alícia.

Como se já não tivéssemos problemas suficientes, agora isso.

— Vão por mim: é melhor não irmos jogar — repetiu Aflito.

Pela primeira vez na vida, eu achava que ele tinha razão.

— E quem ficará no banco? — quis saber Toni.

Todos ficamos em silêncio, olhando para Alícia e Felipe.

— Uma pessoa que sabe muito de futebol e conhece vocês muito bem... — respondeu Felipe.

— A treinadora da última partida vai ser... Joana — falou Alícia.

Joana?

Que Joana?

— A mãe do Canela — esclareceu Alícia.

O quê?!

Minha mãe?!

Todos me olharam imediatamente.

Eu queria que o chão se abrisse sob meus pés.

— Eu não sei de nada! — declarei.

E era verdade. Eu não fazia a menor ideia sobre aquilo.

— Sua mamãe vem pra cuidar de você — provocou Toni.

— Mas essa senhora tem diploma de treinadora? — perguntou Camunhas. — Perdão, Canela, não tenho nada contra a sua mãe, mas isso não parece muito sério.

"Também acho", pensei.

Mas não disse nada.

— Para o Campeonato Infantil Interescolar, não é necessário ter título de treinador — explicou Felipe. — A autorização do colégio e da federação são suficientes.

— Então vocês também não têm título de treinador? — perguntou Aflito, muito assustado, como se tivesse acabado de descobrir algo terrível.

— Bem... — respondeu Alícia. — Estou obtendo o meu este ano.

— E eu me inscrevi num cursinho para o ano que vem — completou Felipe.

— Ai, senhor! — exclamou Aflito. — Jogamos contra os primeiros do campeonato, que são muito melhores que nós. Os juízes caem no sono. O árbitro reserva parece que está contra a gente. Nossos dois treinadores, que na verdade nem treinadores são, estão suspensos. E, pra completar, a mãe do Canela vai ficar no banco durante a partida e dizer como a gente tem que jogar.

Dito assim, a coisa não parecia muito boa.

— Esse é mais ou menos o panorama — afirmou Alícia.

E de novo todos ficamos em silêncio, olhando uns para os outros.

Eu pensava no que poderíamos fazer.

Só que não me ocorria nada.

E assim, naquela noite, fiz o que qualquer outro teria feito no meu lugar.

Convoquei o pacto dos Futebolíssimos.

25

Era noite fechada.

O campo de futebol estava escuro.

Mas, se você olhasse bem, numa extremidade dele, junto do gol, havia algumas pessoas.

Mais precisamente, nove crianças.

Nós.

Olhei para todos e disse:

— Vamos descobrir por que os árbitros têm dormindo no sono.

Todos me olharam sem acreditar.

— Ninguém descobriu ainda. Como nós vamos descobrir? — perguntou Marilyn.

— Não descobriram porque ninguém investigou direito.

Nós vamos fazer isso — afirmei, como se estivesse muito seguro.

— Ah, sim. Agora somos detetives? — zombou Toni.

— Não somos detetives, só um time de futebol que tem que ganhar o último jogo se não quiser acabar — respondi.

— Pois, então, o que temos que fazer é treinar e deixar pra lá os árbitros adormecidos — opinou Anita.

— Claro, mas, por mais que a gente treine, quando, durante o jogo, o árbitro cair no sono enquanto estamos jogando bem e ainda por cima vier esse reserva que implica com a gente, não vamos poder fazer nada — falei.

— Nisso o Canela tem razão — concordou Tomás.

— Bom, supondo que a gente investigue o que aconteceu com os árbitros, por onde começar? — quis saber Marilyn.

— A única coisa que precisamos fazer é seguir as pistas — expliquei.

— Que pistas? — indagou Camunhas.

Essa era uma boa pergunta.

— O que os detetives fazem sempre é ir ao lugar do crime — disse Helena.

Ela tinha razão.

— E qual é o lugar do crime? — perguntou Toni.

— Prefiro não saber — resmungou Aflito.

— Pois é óbvio! — exclamou Helena. — O lugar do crime é este, onde estamos agora mesmo.

Estávamos no nosso campo de futebol.

Onde tínhamos jogado contra o Axia.

— É verdade — disse eu. — Foi aqui que tudo começou. Foi aqui que o primeiro árbitro adormeceu. E é aqui que temos que começar nossa investigação.

E então me pus no meio de todos e falei que éramos os Futebolíssimos, que precisávamos descobrir o que tinha acontecido com os árbitros e que, enquanto estivéssemos unidos, ninguém poderia com a gente.

Depois, estendi a mão, como Helena tinha feito na noite em que fizemos o pacto.

— Estamos juntos nisso? — perguntei.

Só que dessa vez ninguém colocou a mão.

— Tá, tá.

— Tudo bem, cara.

— Tudo bem, vamos. Amanhã a gente começa a investigar.

— Isso, agora é muito tarde...
— Até amanhã.
E foi todo mundo embora.
E eu fiquei ali, com a mão estendida e cara de bobo.
Mas então alguém colocou sua mão sobre a minha.
Quem era?
Helena?
Me virei e vi...
... Aflito.
   — Obrigado, Aflito. No fundo, sabia que podia contar com você — falei.
   — Não, não — disse ele. — Só peguei na sua mão porque está muito escuro e eu tenho medo. Você se incomoda se a gente ficar de mãos dadas até sair daqui?

— Se não há provas, não há provas, Francisco — disse meu pai. — Temos que aceitar que coincidências acontecem.

A gente estava tomando o café da manhã na cozinha.

Meu irmão não parava de fazer barulho com o leite.

Punha na boca e gargarejava.

Era nojento.

Como quase tudo o que ele faz.

— Como assim coincidência, pai? Você sabe qual é a probabilidade de dois juízes caírem no sono em duas partidas seguidas?

Meu pai ficou me olhando.

— E você sabe?

— Sei, porque estudei isso na escola — respondi.

Minha mãe apareceu.

— Francisco, você estudando matemática? Não consigo acreditar! — falou, pondo a mão na minha testa para ver se eu não estava com febre.

— Oi, mãe — cumprimentei. — Ou deveria chamar você de "treinadora"?

Ela riu.

— Alguém tinha que ficar no banco com vocês no sábado. Sente vergonha de ter sua mãe como treinadora?

— Não, não, não é isso — menti. — É só que fiquei um pouco surpreso.

— Você vai perder, pirralho. Não importa se a mamãe estiver lá ou não — provocou Victor.

Eu tinha decidido que não responderia ao meu irmão, não importava o que ele dissesse.

Foi o que fiz.

Olhei para o outro lado e não dei bola para ele.

— Você vai ver como a gente vai ganhar, Francisco — afirmou minha mãe. — Mas o que você estava falando sobre probabilidade?

Vejamos.

A gente tinha calculado a probabilidade com Mutuca naquele dia.

— A probabilidade de dois árbitros dormirem em dois jogos seguidos é tão baixa quanto a de quebrar o calcanhar na Lua — expliquei.

Na verdade, Mutuca tinha dito que a probabilidade era ínfima, próxima de zero, mas a história da Lua me soou muito melhor.

— Vamos, termine o cereal e acabe logo com essa coisa de astronauta — disse meu pai.

— Nós vamos cair pra segunda divisão e o time vai acabar por culpa dos árbitros adormecidos — afirmei.

— Por isso — falou Victor — e porque vocês são uns pernas de pau.

— Vamos ganhar do Santo Ângelo, você vai ver — animou-se minha mãe. — Nada é impossível. Olhe o Atlético de Madrid.

No entanto, nós não éramos o Atlético de Madrid, e sim o Soto Alto.

E eles eram os primeiros colocados do campeonato.

E nós, os últimos.

A gente precisava de um milagre.

Ou, pelo menos, solucionar o mistério dos árbitros adormecidos.

27

Radu é quem cuida do campo de futebol do colégio. É quem corta a grama, pinta as linhas, toma conta de tudo.

Ele tem as chaves do vestiário e do portão. E também é um sujeito muito esquisito, que fala pouco e, quando olha para você, parece sempre ter um segredo.

Radu é romeno, de Bucareste.

Ao falar, pisca muito os olhos, como se fosse um tique. Acho que é por isso que ele fala tão pouco, porque sabe que essa coisa de piscar os olhos é meio ridícula. E as pessoas às vezes podem ser bem maldosas.

— Oi, Radu — cumprimentei.
— Oi, Radu — falou Camunhas.

Olhamos para Aflito, que estava ao nosso lado e por fim também disse:

— Oi, Radu.

Acho que Radu logo percebeu que alguma coisa estranha estava acontecendo, porque nunca tínhamos falado com ele e agora, de repente, estávamos ali, sorrindo e dando uma de simpáticos.

Bem, Aflito não sorria.

Nós três decidimos iniciar a investigação sozinhos e depois contar para os outros.

Radu pegou uma caixa de ferramentas e falou alguma coisa em romeno, enquanto piscava os olhos bem rápido.

Murmurando, começou a andar na direção contrária da gente. Nós fomos atrás dele.

— Radu, temos que te perguntar uma coisa importante — afirmei.

— Eu não sei de nada, não sei de nada — falou, afastando-se da gente ainda mais rápido.

— Mas a gente ainda nem perguntou coisa alguma... — alegou Camunhas.

— Pois é, mas ele está percebendo — disse Aflito. — É melhor deixá-lo em paz. Não estão vendo que não quer falar com a gente?

Mas Camunhas se pôs na frente dele, bloqueando sua passagem, e pediu:

— Por favor, Radu, escuta a gente um momento.

Ele parou e nos olhou de cima a baixo, como se fosse a primeira vez que nos via na vida, embora nos visse todo dia.

— Radu, pense bem — comecei. — Você notou alguma coisa estranha ou algum desconhecido entrar no vestiário no dia do jogo contra o Axia?

— Eu não vi entrar ninguém, me deixem em paz — respondeu Radu enquanto tentava escapulir, piscando os olhos cada vez mais depressa. — Não vi entrar ninguém, ninguém!

Pelo visto, ele não ia nos dizer nada.

Mas então Aflito argumentou:

— Se perdermos a próxima partida, e acho que vamos perder, o time vai acabar e você não vai poder pintar as linhas do campo, nem consertar a rede do gol, nem nada. Por favor, ajude a gente!

— Entrou alguém no vestiário do árbitro durante o intervalo? — perguntei de novo. — Logo antes de ele adormecer?

Radu coçou a cabeça, piscou muito rápido e respondeu:

— O homem de bigode.

E saiu correndo.

Isso foi tudo o que ele disse.

Camunhas e eu nos olhamos.

— O homem de bigode! — exclamei.

— Chacon, o treinador do Islantilha, tem um bigode enorme! — observou Camunhas.

— E ele estava no jogo contra o Axia — completei. — Eu o vi nas arquibancadas. Chacon é o homem de bigode! E o mais interessado na nossa derrota pra que seu time não caia pra segunda divisão!

Já tínhamos a primeira pista.

E era uma bem importante.

Chacon, o treinador do Islantilha, havia entrado no vestiário do árbitro durante a primeira partida.

— Obrigado, Radu! — gritei.

— Você é o melhor, Radu! — gritou também Camunhas.

Não tínhamos apenas uma pista.

Tínhamos um suspeito.

Um baita suspeito, diria eu.

Primeiro, porque o viram entrar no vestiário. Segundo, porque ele tinha um bom motivo para colocar os árbitros para dormir: prejudicar a gente. O Islantilha estava atrás do Soto Alto na classificação, em situação ainda pior, quase não tinha chances de ficar na primeira divisão.

Agora a gente só precisava descobrir como ele tinha agido. E obter alguma prova.

Tínhamos que contar para os outros quanto antes.

— Isso está ficando bem interessante... — comentou Camunhas.

— Eu diria que isso está ficando bem ruim, péssimo — resmungou Aflito.

28

O cobrador estava no vagão ao lado, cada vez mais perto. Ele vinha na nossa direção.

E Tomás ainda não tinha achado os bilhetes.

— Vão nos expulsar. Vão nos jogar do trem andando e tudo acaba aqui — disse Aflito, que começava a suar.

Tomás revirava os bolsos.

— Mas eu tinha guardado os bilhetes aqui mesmo! — exclamou.

— Procura, Tomás, procura! — suplicou Marilyn, ainda mais assustada que ele.

— Eu falei que era melhor a gente ter vindo de ônibus... — observou Toni.

— O que a gente tinha que ter feito era ficar em casa! — insistiu Aflito.

Enquanto isso, Camunhas e eu revisávamos uma coisa.

— Vejamos, a equipe de investigadores — comecei.

— Outra vez?!

Quando contamos aos outros o que Radu tinha dito, todos concordaram que era preciso continuar a investigação.

Então, organizamos a viagem a Serra do Carvalho para espiar o treinador do Islantilha e demonstrar que tinha sido ele.

O vilarejo Serra do Carvalho fica bem perto de Sevilhota, mas não a ponto de dar para ir a pé.

Então pegamos o trem das redondezas.

Nunca tinha ido para lá sozinho.

Bom, agora também não estava indo sozinho.

Íamos os nove no trem.

O que eu quero dizer é que não havia nenhum adulto com a gente.

Antes de subir no trem, Helena se aproximou de mim e disse que estava orgulhosa da nossa investigação.

— Estou muito orgulhosa — falou ela, olhando para mim com seus olhos enormes.

— Obrigado — respondi, embora tivesse vontade de dizer algo mais interessante, mas não saiu nada.

— Vocês descobriram uma pista muito importante —

continuou ela — e, além do mais, Toni me disse que, mesmo que a gente não descubra nada na Serra do Carvalho, ele vai se encarregar de solucionar toda essa bagunça.

Toni? Do que Helena estava falando? Estava orgulhosa da gente ou do Toni? Que fala era aquela?

Chega! O que havia entre Helena e Toni?

— Toni? — perguntei.

— Sim, você sabe... Ele é muito legal.

Toni, o fominha, é muito legal? Toni, o ladrão de bola? O supermetido?

— Tá, tá — disse eu, encerrando a conversa.

O caso é que compramos material para a investigação e fomos para Serra do Carvalho.

Este é o kit que levamos:

Bloco de notas
Uma lupa
Aparelho de escuta a distância com amplificador de som
Gravador
Pincel de maquiagem para recolher impressões
Talco
Papel adesivo transparente
Cartões para guardar as impressões
Luvas e pinça para recolher pelos

Tesoura e fita adesiva
Sacos plásticos para guardar provas
Trena
Uma corda comprida e forte
E uma caixa de primeiros socorros, caso alguém se machucasse
Tudo ia dentro de uma grande mochila.

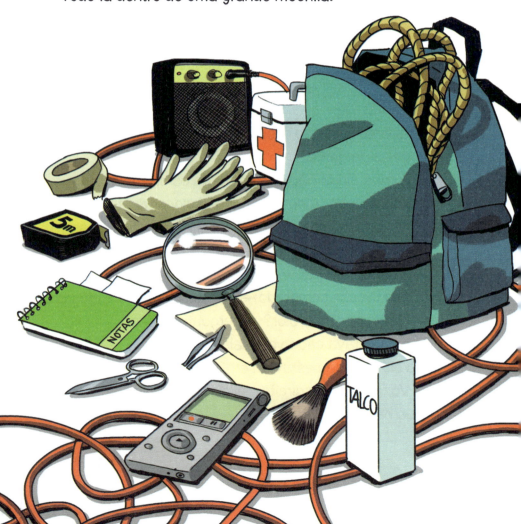

Quem a carregava era Camunhas, porque todas as coisas, menos a caixa de primeiros socorros, tinham sido compradas pela internet com o cartão de crédito do pai dele.

— Não tem problema. Meu pai só vai ficar sabendo no mês que vem — explicou ele. — Mas, quando acabar a investigação, eu fico com todo o material.

— Por mim, tudo bem — concordei.

— Por mim, também — repetiram todos.

— Por mim, não — falou Aflito. — Preciso devolver a caixa de primeiros socorros que peguei emprestada da minha casa.

— Tá, tá...

Enquanto isso, o cobrador se aproximava. Estava muito perto da gente.

E Tomás ainda não tinha achado os bilhetes.

— Vão prender todos nós e nos colocar de castigo o verão todo por subirmos no trem sem bilhete — disse Marilyn.

— Mas compramos os bilhetes... — reclamou Anita.

— Pois é, mas, se esse aí não encontrar, é como se a gente não tivesse comprado — afirmou Oito. — Ou até pior...

— Como pode ser pior? — perguntou Aflito.

Tomás estava cada vez mais desesperado.

Os bilhetes não estavam em lugar nenhum.

— Você procurou direito? — quis saber Helena.

Mas não tinha jeito.

Tomás estava muito nervoso.
— Temos que fugir — declarou ele finalmente.
E, sem esperar mais, levantou-se do banco.
E saiu correndo.

E se chocou de cara com o cobrador.
— Você está bem, garoto? — indagou o homem.
Tomás engoliu em seco.
E explodiu:
— Sinto muito, senhor cobrador — desculpou-se ele. — Não temos bilhetes, quer dizer, temos, mas eu perdi eles, e agora, por minha culpa, meus amigos e eu vamos ser presos ou algo pior!
O cobrador olhou para ele detidamente.
E depois para nós.
— Entendo — disse. — Vocês não têm bilhetes, então?
Tomás respondeu que não com a cabeça; estava a ponto de chorar.
Ficamos em silêncio.
Não tínhamos escapatória.
— Pois tenham cuidado para que o cobrador não pegue vocês — falou ele e começou a rir.
E assim, rindo, o homem foi embora corredor adiante.
— Mas... — começou Tomás.
Então percebemos.
Não era o cobrador.
Usava uniforme azul... porque era carteiro.
Hein?!
— Mas desde quando carteiros viajam de trem? — perguntou Tomás, irritado, não sabendo que cara fazer.
— Tomás, se liga! — exclamou Marilyn. — Por que os carteiros não poderiam subir num trem?

E todos nos jogamos em cima do Tomás, dando uns cascudos nele.

— Tomás, tem uma carta pra você!

— Tomás, corre, agora vem vindo um bombeiro!

E mais um cascudo.

E finalmente chegamos à Serra do Carvalho.

29

Tínhamos um objetivo.

Tínhamos um plano.

Agora só precisávamos segui-lo, o que era bem mais complicado.

— Somos muitos — declarou Marilyn quando chegamos à estação. — Temos que nos dividir.

— Pra quê? — perguntou Camunhas.

— Bem, pra passarmos despercebidos — respondeu ela.

Marilyn tinha razão. Nove crianças investigando ao mesmo tempo chamaria muito a atenção.

Então os Futebolíssimos decidiram se dividir em duas equipes: A e B.

A equipe A investigaria o campo do Islantilha.

E a equipe B iria a um lugar bem mais perigoso.

A casa do Chacon.

— Vocês estão loucos? Como vamos entrar na casa dele? Vou pegar o próximo trem de volta! — reclamou Aflito.

— As provas devem estar na casa dele ou no escritório que ele tem no campo, então precisamos ir aos dois lugares — expliquei rapidamente.

— E se não encontrarmos nenhuma prova? — perguntou Anita.

— Como vamos saber se alguma coisa é uma prova? — completou Tomás.

— É muito fácil — respondeu Toni —, porque em cima dela vai ter uma etiqueta dizendo "prova".

Helena, Marilyn e Anita caíram na gargalhada com a bobagem dele.

Eu não.

Talvez Toni tenha um senso de humor que só as meninas entendam.

Ou quem sabe seja um completo idiota e por isso eu não ache graça.

— Vamos saber que é uma prova quando dermos de cara com ela — disse eu. — Não se preocupe com isso.

Em seguida, montamos as duas equipes.

Em uma estavam Toni, Helena, Marilyn e Anita.

Na outra, Camunhas, Aflito, Oito, Tomás e eu.

Ou seja, Toni ia com as meninas.

E eu ficava com os outros.

— Agora falta dizer quem vai à casa e quem vai ao campo — observou Marilyn.

— Nós vamos ao campo — afirmou Toni.

— E por quê? — perguntou Camunhas.

— Bem, porque eu falei antes — respondeu Toni.

Era uma boa resposta.

— Então eu vou com vocês, se não se importarem — disse Aflito.

— Eu também — falou Oito. — É que minha mãe recomendou nunca entrar na casa de um estranho.

— Chacon não é um estranho — alegou Tomás. — A gente já o conhece há muito tempo do campeonato.

— Tanto faz. Vou com a equipe do Toni — insistiu Oito.

— Fala sério! — exclamou Marilyn. — Montamos duas equipes por um motivo. Agora ninguém vai querer ir à casa do Chacon?

— Não importa — disse eu. — Eu vou. Quem de vocês me acompanha?

Todos me olharam.

E se ninguém quisesse vir comigo?

Teria que ir sozinho à casa do treinador?

Por que eu tinha aberto a boca?

— Muito bem falado, Canela — observou Helena. — Se quiser, vou com você.

Toma!

Se Helena ia comigo, já não me importava se alguém mais viesse.

— Vejamos — falou Toni. — Há uma razão pra termos duas equipes. Não podemos ficar mudando de uma pra outra, porque senão não tem como a gente se organizar. Helena, Marilyn e Anita, comigo. Os outros, com Canela, à casa. E chega de conversa.

— Peraí, você não é o líder! — exclamou Camunhas.

— É como se eu fosse — retrucou Toni. — Algo contra?

Por um momento, as orelhas do Camunhas começaram

a se mexer. Parecia que ia levantar voo. Em vez disso, ficou quieto e não disse nada.

— Toni tem razão — concordou Marilyn. — É melhor que cada um vá com seu grupo e pronto. É a única forma de a gente se organizar.

— Tá bem — disse Helena.

— Ok — falou Oito.

— Tudo bem — completou Camunhas.

— Se acontecer alguma coisa com a gente lá na casa, por favor, digam aos meus pais que eu amo eles — resmungou Aflito — e que vocês me obrigaram a ir.

E nos colocamos a caminho.

Meu grupo se dirigiu ao centro da cidade, que era onde ficava a casa do Chacon.

Nós sabíamos disso porque Anita, especialista em pesquisa digital, tinha achado o endereço na internet.

Meus amigos me olhavam como se fossem me matar.

— Da próxima vez você tem que escolher primeiro — observou Camunhas.

— Vou tentar — falei.

— Vamos invadir a casa do treinador? — perguntou Tomás, enquanto caminhávamos.

A verdade é que eu não tinha ideia do que íamos fazer.

Mas era melhor não dizer nada, pensei.

O que eu não podia imaginar era o que a gente ia encontrar naquele dia na Serra do Carvalho.

Algo totalmente inesperado.

30

Vou dizer uma coisa que pode parecer bobagem.

Entrar na casa de alguém não é fácil.

Pelo menos entrar escondido não é.

Sei que nos filmes as pessoas entram nas casas umas das outras como se fosse a coisa mais normal do mundo.

Uma coisa é ver isso no cinema; outra muito diferente é ir lá e fazer.

Mas estávamos decididos a ir até o fim.

— Podemos usar a corda pra entrar pela janela — sugeriu Camunhas, que carregava a mochila com o material de investigação dentro.

— Também podemos tentar ir pela garagem — observou Tomás.

— Ou pular pelo jardim — opinei.

Aflito nos encarou.

E fez um ruído.

Algo como um suspiro.

E, sem dizer nada, caminhou diretamente até a casa.

Parou diante da porta.

Nós ficamos olhando para ele sem saber o que fazer ou dizer.

— Não é possível, ele tocou a campainha! — exclamou Camunhas, admirado.

— Vamos? — perguntou Oito.

Eu dei de ombros e concordei:

— Vamos.

Por fim, abriram a porta. Era uma senhora que parecia muito amável.

— Olá, o senhor Chacon está?

— Não — respondeu ela. — Acho que está no ginásio poliesportivo.

— Ahhhh... É que ele nos disse pra esperar aqui — explicou Aflito.

— Vocês são do time de futebol? — indagou a senhora.

— Sim, isso mesmo — disse Aflito. — Do time de futebol.

Ele não tinha mentido. Embora também não tivesse dito toda verdade. Éramos do time de futebol. Não do time do Chacon.

179

Mas ela não havia nos perguntado isso.

— Então, podemos entrar? — perguntou Aflito.

A sorte estava lançada. Eu nunca tinha visto Aflito daquele jeito. Acho que o medo de pular a janela era tanto que preferia fazer qualquer outra coisa, como entrar pela porta principal.

Então, a senhora sorriu e nos deixou entrar.

— Mas entrem com cuidado, porque eu acabei de limpar — advertiu.

Contou que limpava a casa todas as terças e quintas e que o senhor Chacon era muito ordeiro e cuidadoso com as coisas, então que fizéssemos o favor de não tocar em nada. Ela nos deixou na sala e disse que esperássemos ali.

Havia uma tevê enorme e uma estante com um monte de prateleiras cheias de DVDs de jogos de futebol. Camunhas pegou um.

— Real Madrid x Inter de Milão, 1986. Pra que ele quer um jogo tão antigo? — perguntou Tomás.

— Pra colocar os árbitros pra dormir e nos derrubar pra segunda divisão — respondi. — Sei lá! Deixa de bobagem e vamos procurar algo útil.

— A senhora simpática recomendou não tocarmos em nada — observou Aflito.

— A senhora simpática não sabe que Chacon é um criminoso perigoso — rebati.

Começamos a remexer nas gavetas e prateleiras da estante como loucos.

— O que estamos procurando exatamente? — quis saber Camunhas.

— Uma pista — respondi.

— Achei que a gente procurava uma prova — disse Tomás.

— Qual é a diferença? — falei. — Uma pista, uma prova, o que seja. Algo que tenha a ver com o caso.

— E se colhermos as digitais? — sugeriu Oito.

— Pra quê? — perguntou Camunhas. — Aqui vai ter um monte de digitais do Chacon, e daí? Além do mais, não vou gastar o pó do material de investigação assim, por nada.

— Peraí, combinamos que o material de investigação era de todos! — exclamou Tomás.

— Tá, mas eu decido quando usar — falou Camunhas —, porque quem pagou por ele foi meu pai.

— Seu pai pagou, mas não sabe disso — disse Tomás.

— Mas eu, sim — rebateu Camunhas.
— Temos que registrar tudo — falei.
Procuramos por toda parte.
Sem saber exatamente o quê.
Fui ao corredor e subi as escadas.
A senhora simpática estava na cozinha.
De um dos quartos de cima, olhei pela janela. O que vi me deixou gelado.
Chacon estava diante da casa, a ponto de entrar!
Ele saía do carro e mexia no bigode.

Em poucos segundos estaria dentro.
E nos pegaria.
Dessa vez não era como o caso do cobrador do trem.
Era Chacon em pessoa. Não um carteiro ou alguém parecido com Chacon. Não. Era ele. Com seu bigode e seu jeito sempre sério.
Saí do quarto e sussurrei:
— Ele está viiiindo!
E não deu para dizer mais nada.
Porque a porta da casa se abriu.

E Chacon apareceu.

Ali estava ele.

— Marieta, cheguei! — anunciou.

Eu estava escondido na parte superior das escadas.

A senhora simpática respondeu, da cozinha:

— Ótimo, senhor! Eles estão à sua espera.

— O quê? — perguntou Chacon e entrou na cozinha.

Então eu vi Aflito, Camunhas, Tomás e Oito saindo da sala na ponta dos pés, tentando não fazer barulho e com cara de pânico.

Olhando de cima, fiz sinal para que dessem no pé quanto antes pela porta principal.

— Vão! — murmurei.

Dava para ouvir a voz do Chacon e da senhora simpática, que, ao que parecia, se chamava Marieta, vindo da cozinha.

— Achei! — disse Camunhas.

— O quê? — perguntei, de longe.

Camunhas estava com algo nas mãos e ia responder, mas então ouvimos passos na cozinha e meus quatro amigos saíram correndo... para a sala outra vez.

No *hall* de entrada, apareceram Chacon e Marieta.

— Mas de que meninos você está falando? — perguntou o treinador.

— Eles disseram que eram do time de futebol — explicou a senhora simpática. — Estão aqui mesmo, na sala.

E os dois entraram na sala.

Aquilo ia terminar mal, com certeza.

Eles iam nos encontrar ali?

O que Chacon faria quando nos visse?

O que Camunhas tinha nas mãos?

O que teria encontrado?

Eu não sabia o que fazer.

Desci as escadas bem devagar.

Pensei que a qualquer momento começaria a ouvir gritos, mas não foi assim.

Não se ouvia nada.

Ou meus amigos continuavam escondidos, ou Chacon tinha silenciado todos eles.

Cruzei o *hall* de entrada com muito cuidado.

A porta da sala estava encostada.

Pude ver Chacon pela fresta, gesticulando.

A verdade é que a sala tinha ficado bem desarrumada depois da nossa busca.

Mas não havia sinal algum dos meus amigos.

Sem pensar duas vezes, saí dali pela porta.

E a fechei tentando não fazer barulho.

Ao pisar na rua, respirei fundo.

31

Enquanto a gente estava na casa do Chacon, no campo do Islantilha aconteceu o seguinte:

Depois de cinco minutos, eles já haviam sido descobertos. E tudo por culpa do Toni.

Assim que entraram no poliesportivo da Serra do Carvalho, em vez de tentar passar despercebido, Toni foi direto ao campo, onde o time estava treinando, e começou a rir do número 4.

— Seu gordo, que chapéu que dei em você no outro dia! — caçoou ele.

O número 4 olhou rapidamente na direção do Toni, mas o ignorou e continuou jogando.

Em poucos segundos, ele deu uma entrada no reserva do time.

Toni começou a rir.

— Que idiota! — exclamou.

Quem não achou graça nenhuma foi o pai do número 4, que estava ali, na arquibancada.

E que, além disso, era um dos que quase partiram para cima do pai do Camunhas no dia do jogo.

— Ei, você, posso saber o que está fazendo aqui, garoto? — perguntou o homem.

— Este é um país livre — respondeu Toni, que sempre tem resposta para tudo, nem que seja para dizer bobagens.

O homem foi até ele.

— Então vou dar liberdade para você, rapaz — ameaçou.

Tentou agarrar Toni, mas ele escapuliu.

O número 4 pediu a seu pai que não criasse confusão no treinamento.

E o pai respondeu que só queria defendê-lo.

Chacon gritou com o homem, mandando que fosse embora dali.

Foi uma bagunça danada.

Nesse meio-tempo, ninguém percebeu que Helena, Marilyn e Anita tinham entrado no escritório do treinador, dentro do vestiário do campo.

Segundo Toni, tratava-se de um plano premeditado.

Ele os distraía fora e elas entravam no escritório.

Mas eu acho que não.

Acho que Toni começou a zoar com o número 4 porque não consegue evitar.

É seu caráter.

Como o escorpião.

Ele se acha o garoto mais engraçado do mundo.

O melhor jogador.

O mais esperto.

É isso o que ele acha.

O fato é que, daquela vez, a coisa saiu mais ou menos bem para ele.

E as meninas entraram no escritório do treinador.

Registraram tudo.

E também encontraram uma coisa.

Que não era uma prova.

Era uma pista importante.

Elas não foram quase pegas porque tinham sido mais rápidas que a gente.

E logo saíram dali com o que tinham achado.

Por culpa da confusão armada, o treinamento foi suspenso naquele dia.

E Chacon seguiu para sua casa. Foi quando quase nos pegou e aconteceu tudo o que já contei.

32

Você tem três novas mensagens:

Mensagem número um.
Chacon, sou eu, teu amigo Jerônimo Florente. Você é mais chato que... Bem, vê se responde às chamadas do celular ou do fixo ou as que você tiver vontade... E vamos ver se nos encontramos, porque estou preocupado com essa questão dos árbitros. Você não acha que a coisa saiu um pouco do controle? Não era isso que tínhamos conversado... Pode passar amanhã no escritório e aí conversamos? Abraços, campeão. Piiiii.

Mensagem número dois.
Chacon... Você está aí?... Atende o telefone... Chacon? Atende agora mesmo! Bem, te ligo mais tarde... Ah, sou eu, Laura... Laurinha... Chacon, responde às chamadas. Não pode ser assim. Estou falando numa boa. Piiiii.

Mensagem número três.
Chacon? Estou começando a me irritar... Responde logo. Ah, sou eu, Laura. Piiiii.

Ficamos os nove olhando para o aparelho com os olhos esbugalhados.
— Vocês roubaram a secretária eletrônica do Chacon? — perguntou Camunhas, chocado.
— Sim — respondeu Helena.
A gente estava no trem de volta e Marilyn segurava a secretária como se fosse um tesouro.
— Escutamos as mensagens e achamos que eram importantes para a investigação — explicou Marilyn.
De fato podiam ser bem importantes.
— E vocês, o que encontraram? — quis saber Toni.
Oito contou que entramos na casa do treinador, que tudo tinha sido muito emocionante, que eles quatro tiveram que fugir pela janela e que pensaram que eu havia sido pego, mas logo me viram sair pela porta e então se deram conta de que, por sorte, todos tínhamos escapado, ainda que por um fio.

— Por um fio — repetiu Oito.

— Tá, tá, muito bonito — falou Toni —, mas acharam algo por lá?

— Na verdade, sim — respondeu Camunhas.

E tirou um vidro da mochila.

— O que é isso? — perguntou Marilyn.

— Leiam o que está escrito aqui — pediu Camunhas.

Toni se aproximou do vidro e leu:

— "Comprimidos para dormir".

— E...? — disse Helena.

— Pois está claríssimo — afirmou Tomás. — O principal suspeito de pôr os árbitros para dormir tem um vidro enorme de comprimidos para dormir em sua casa.

— Muito bem, cara — irritou-se Toni. — Um milhão de pessoas têm comprimidos como esses. Isso não significa nada. Além do mais, se os árbitros tivessem tomado algum, teria aparecido nos exames.

Dito assim, fazia sentido.

— E vocês, então? — defendeu-se Camunhas. — Roubaram uma secretária eletrônica com mensagens de um amigo dele e de uma senhora um pouco descontrolada...

— Não fale assim da mulher das mensagens! — exclamou Anita.

— Por quê?

— Porque não é certo falar assim das pessoas — argumentou ela.

— Está bem, está bem. E então, o que mais? — perguntou Camunhas.

Todos olhamos para Anita.

— Não me olhem assim! — protestou ela.

— Não estamos olhando pra você de nenhum jeito — rebateu Aflito.

— Está bem! A mulher das mensagens é a minha mãe! — revelou Anita.

O QUÊ?!

— Mas...

— Sua mãe e o treinador Chacon são amigos? — indagou Tomás.

— Não faço a menor ideia! — respondeu ela.

Helena e Toni se olharam, espantados.

— Você não disse nada... — comentou Helena.

— Porque estava com vergonha — justificou Anita, parecendo bem alterada.

— Talvez sejam namorados — sugeriu Marilyn.

— Não repita isso! — Anita deu um pulo e foi para cima de Marilyn. — Para seu conhecimento, minha mãe nunca enganaria meu pai!

Tomás e Camunhas tiveram que segurá-la.

Eu nunca tinha visto Anita tão irritada.

— Calma, calma, um momento — falei. — Acho que já entendi: a mãe da Anita não é namorada do Chacon.

— É isso que estou falando — disse Anita.

— Sua mãe é atualmente a presidente da Associação de Pais do nosso colégio, né? — continuei.

— Todo mundo sabe disso — respondeu Anita.

— Então está claríssimo — declarei, ficando de pé.

— O quê? — perguntou Tomás.

— A história dos árbitros adormecidos foi organizada pelo treinador Chacon, pelo presidente da federação, Jerônimo Florente, e pela presidente da Associação de Pais da nossa escola, ou seja, a mãe da Anita — afirmei, vendo tudo claro de repente.

— É uma conspiração em vários níveis — comentou Camunhas, me dando razão, entusiasmado.

— Pode explicar, por favor? — pediu Helena.

— Isso, pode explicar? — emendou Camunhas.

— Eu não sei se quero ouvir — resmungou Aflito.

Então eu revelei para eles minha teoria.

O importante era encontrar o motivo. Os três tinham boas razões para querer que nosso time fosse rebaixado. O treinador Chacon, por uma razão óbvia: se nós caíssemos para a segunda divisão, seu time se salvaria. O presidente da federação era amigo do Chacon e, além do mais, o Islantilha era um time importante do campeonato e o que tinha mais torcedores; seguramente ele preferia que nós caíssemos. E, por fim, a mãe da Anita era quem havia proposto que o time acabasse se fosse rebaixado e que, em vez de futebol, houvesse outra atividade no colégio. Ou seja, os três estavam unidos por uma mesma razão: queriam que a gente perdesse.

— E por isso tramaram a história dos árbitros adormecidos, pra fazer a arbitragem nos prejudicar e assim perdermos — concluí. — Além disso, temos provas: Radu viu Chacon entrar no vestiário do árbitro no intervalo da primeira partida. Tudo se encaixa!

Chacon, Florente e a mãe da Anita tinham organizado tudo!!!

— Mas como conseguiram fazer os árbitros dormir? — perguntou Marilyn.

— Isso eu ainda não sei — respondi.

Camunhas apontou para os comprimidos. Mas isso era fácil demais. Tinha que ser outra coisa. E, fosse o que fosse, precisávamos investigar.

33

Era nossa segunda viagem de investigação na mesma semana.

No sábado teríamos a partida definitiva, em que seria tudo ou nada.

Treinávamos todos os dias com Felipe e Alícia e também com minha mãe.

Em paralelo, avançávamos na investigação dos árbitros adormecidos.

Nós éramos os únicos que podiam desvendar aquilo.

O resto do mundo parecia não estar nem aí para isso.

Anita prometeu que, por enquanto, não contaria nada para sua mãe. Não estava gostando nem um pouco da possibilidade de ela estar envolvida na conspiração dos árbitros adormecidos. Mas acho que preferia isso a achar que a mãe estivesse de namoro com Chacon. Isso lhe parecia ainda mais horrível. Então não falaria nada para ela sobre o que averiguamos.

Nessa nova viagem, fomos direto ao núcleo central da conspiração.

A sede da Federação de Futebol 7.

Em Pequeno Monte.

Ali se decidia tudo o que tinha a ver com os jogos e os árbitros. E certamente haveria um monte de provas.

Eu menti mais uma vez para minha mãe para conseguir escapar. Falei que ia estudar matemática na casa do Camunhas. E ele disse para a mãe dele que estava na minha, claro.

Durante a viagem, Helena se sentou perto de mim.

Eu não pedi isso.

Quando subimos no trem, me sentei junto da janela, ela apareceu e, em vez de se sentar com Toni, ficou do meu lado e começou a falar da investigação e de tudo que estava acontecendo.

— Então você acha que é uma grande conspiração pra acabar com a gente? — perguntou.

— Parece que sim — respondi.

— Que coisa! — exclamou Helena. — Será que eles vão conseguir?

— Não sei.

— Eu acho que não, porque nós temos algo que os outros não têm.

— O que é? — perguntei, muito interessado.

Percebi que Toni, no banco de trás, não tirava os olhos de mim.

— Bem... o pacto dos Futebolíssimos — disse ela. — Nada pode acabar com a gente. Nós fizemos uma promessa, não é mesmo?

Nesse momento, pensei que prometeria qualquer coisa que Helena quisesse. Eu me sentia muito bem com ela.

— Posso contar um segredo pra você, Canela?
— Claro, o que quiser!
— É que me dá um pouco de vergonha... — hesitou ela. — Você vai ver... no fim... bem, não é o que parece, mas...

— Mas o quê?

— Bem, é que... O Toni e eu... quer dizer, nós nos beijamos — revelou.

Disse assim, sem mais nem menos.

Toni e Helena tinham se beijado.

Muito bem.

E por que ela estava me contando aquilo?

Por quê?

— Sabe por que estou contando isso pra você? — perguntou, como se tivesse lido minha mente.

— Não tenho ideia — falei.

Eu estava petrificado no banco.

— Porque é meu melhor amigo e eu posso contar tudo pra você.

— Ah, é?

— Claro! Quero que a gente seja os melhores amigos para sempre.

— Que bom — disse eu.

"Os melhores amigos."

Enquanto isso, ela ficava por aí dando beijos no Toni.

Estupendo.

Fenomenal.

Eu não estava chateado.

Por mim, ela podia beijar quem quisesse.

Ainda que Toni fosse um idiota e nós tivéssemos rido dele um milhão de vezes.

No fim das contas, o que importava aquilo?

— Mas como você pôde ter beijado o Toni? — perguntei.
— Você se incomoda?
— Não, não. Pode beijar quem quiser. Mas o Toni?

Não pudemos continuar a conversa, porque o trem havia chegado a Pequeno Monte.

Agora eu precisava me esquecer da Helena, do Toni, de tudo aquilo.

Eu tinha um plano para descobrir o que estava acontecendo com Florente e os árbitros.

Mas o plano foi por água abaixo quando nos aproximamos da sede da federação.

Porque lá estava... Alícia.

Nossa treinadora.

E fazia algo que não podíamos imaginar.

Estava beijando alguém.

34

— Vocês viram isso? — perguntou Camunhas, com os olhos arregalados.

— Teria que estar completamente cego pra não ver — respondeu Tomás.

Alícia estava na porta da Federação de Futebol 7...
... beijando...
... Jerônimo Florente.
E não era um beijo entre amigos.
Eles se beijavam na boca.
Como se beijam os namorados.
Qual o problema das garotas?
Por que elas beijam as pessoas erradas?

— É um beijo bem comprido — ponderou Anita.

— Será que Felipe sabe disso? — falou Marilyn.

Alícia e Florente enfim pararam de se beijar e se foram de mãos dadas.

— Vamos seguir os dois? — perguntou Tomás.

— Claro! — disse Toni.

— Talvez a Alícia esteja metida na conspiração também — observou Camunhas.

— Como pode estar metida nisso? — argumentou Oito. — Se o time acabar, ela vai ficar sem emprego.

— Nunca se sabe — afirmou Camunhas.

Fomos atrás de Alícia e Florente pelas ruas de Pequeno Monte.

Até que entraram num parque.

E se sentaram num banco.

— Se começarem a se beijar outra vez, eu vou embora. Estou ficando enjoado... — reclamou Aflito.

— Você trouxe o equipamento de escuta? — perguntei a Camunhas.

— É claro! — respondeu ele. — Está na mochila com as outras coisas.

— Vamos ouvir a conversa deles? — sugeriu Marilyn, bem animada.

Era exatamente isso que íamos fazer.

Preparamos o equipamento.

Alguém tinha quer ir colocar o dispositivo perto deles.

— O menor de nós deveria ir para não ser visto — ponderou Camunhas.

E todos nós olhamos para Oito.

— Tá bom — concordou. — Mas, se me pegarem, vou contar tudo. Eu não vou resistir a interrogatórios.

— Deixe disso, que besteira! Ninguém vai pegar você — disse Helena.

Ficamos a uma boa distância, atrás de uma área com brinquedos de criança, enquanto Oito se aproximava por trás dos arbustos com o aparelho de escuta.

Ia se arrastando pela grama.

Parecia demorar uma eternidade.

— Nesse ritmo, quando o Oito chegar, eles já terão ido embora — observou Marilyn.

Ela estava certa.

Alícia e Florente conversavam, sentados no banco.

Oito continuava a se arrastar lentamente.

Até que, por fim, alcançou o banco.

Ligou o aparelho.
Deixou ele lá, atrás deles.
E saiu correndo.

Então pudemos ouvir o que eles falavam.

— Não... não... não posso — disse Alícia.

E depois escutamos umas interferências.

— Ela não quer se unir à conspiração — concluiu Marilyn.

Em seguida, voltamos a ouvir.

— Eu te ofereço tudo o que tenho — propôs ele.

— Sim, sim, mas... — falou Alícia.

E outra vez o som ficou cortado.

— Está claríssimo: Florente é o chefe e quer que ela se una ao grupo — insistiu Marilyn.

— E os beijos? — perguntou Anita.

Ninguém teve resposta para isso.

De novo chegaram as vozes.

— Você tem até sábado — declarou ele. — Se não tiver uma resposta até lá, vou entender que é um não...

Até aí pudemos escutar.

Porque depois aconteceu uma coisa imprevista.

Um cão que brincava no parque se aproximou do aparelho de escuta. Deu uma cheirada... e começou a fazer xixi em cima dele.

— Não, não, não! — protestou Camunhas, mas era tarde demais.

O cão ficou bem à vontade.

A única coisa que ouvíamos era o som do xixi caindo.

Mais nada.

Ossos do ofício. Um investigador tem que estar preparado para tudo.

Pelo menos ouvimos aquela coisa do sábado.
Florente tinha dado um ultimato na Alícia.
Sábado era o dia da nossa partida final contra o Santo Ângelo.
Tudo se encaixava.
Se não fosse por um detalhe: os benditos beijos.

Na véspera da partida, aconteceram coisas muito, muito estranhas.

A mais estranha de todas foi a primeira.

Porque, atenção: eu passei em matemática!

Vou repetir porque, com certeza, nem todo mundo vai acreditar.

Eu, Francisco Garcia Casas, o Canela, fui aprovado em matemática.

De tanto falar das probabilidades que tínhamos de nos salvar, de fazer gols e de não ser rebaixados, eu acabei gostando de matemática. Bom, também não vamos exagerar. Não é que eu goste de matemática como de futebol, coisa e tal. Simplesmente já não me parece algo horrível.

Mutuca ficou bastante surpreso com todas as perguntas

que eu fiz na classe sobre probabilidade e disse que ficava feliz por termos colocado em prática o que estudamos.

— Gosto disso — falou.

No fim das contas, passei raspando, com um cinco.

O que importava era que eu não ficaria o verão todo estudando matemática.

Já era alguma coisa.

Agora só faltava resolver o mistério dos árbitros adormecidos e ganhar a última partida.

Depois do treino, ficamos a sós com Felipe.

Estávamos Camunhas, Toni, Helena e eu, e depois chegou Aflito, que sempre demora no banho. Mesmo tendo dito que o melhor era ficarmos apenas nós quatro para não atordoar o Felipe, Aflito estava lá.

— Felipe, temos que contar uma coisa pra você — falou Helena.

— Muito bem, vamos lá, mas rapidinho, porque estou com pressa — disse ele, olhando para nós.

Só que ninguém se atreveu a começar.

Ficamos uns segundos em silêncio.

— O que está acontecendo? — perguntou Felipe. — O gato comeu a língua de vocês?

Toni olhou para Helena, eu olhei para Camunhas, Camunhas olhou para Aflito... e no final todos acabaram olhando para mim.

— Felipe, achamos que desvendamos o mistério dos árbitros adormecidos — declarei.

— O quê? — exclamou ele. — Eu não sabia que havia um mistério.

— Bem, o fato é que investigamos o assunto — explicou Camunhas. — E sabemos quem está por trás de tudo. Fala pra ele, Canela!

— Por que eu? — reclamei.

— Porque foi você quem insistiu na investigação — observou Toni.

— Isso é verdade — concordou Aflito.

— Bem, vai falar logo ou não? — impacientou-se Felipe.

— Muito bem, vamos deixar de bobagem — disse Helena. — Essa pessoa... é... a Alícia.

Felipe ficou mudo por um instante.

— Como assim a Alícia? Alícia-Alícia? — perguntou.

— É um pouco complicado... — respondeu Camunhas.

— Sim — emendei. — Há uma conspiração para fazer os árbitros dormirem, com muita gente implicada e diversas ramificações, como num grande caso de espionagem...

— Mas o que mais surpreende é a Alícia estar metida no esquema — afirmou Helena.

— Ontem nós a vimos com o Jerônimo Florente e, como ele e o Chacon são aliados... bem, claro que a Alícia também é — concluiu Camunhas.

— Eu não sei do que vocês estão falando — disse Felipe. — Que conspiração? Que ramificações? E o mais importante: Alícia e Jerônimo Florente estavam juntos ontem? Vocês os viram? O que faziam?

A coisa estava se complicando. Tínhamos decidido contar tudo para Felipe porque ele era nosso treinador e, embora não fosse exatamente dos Futebolíssimos, com certeza estaria do nosso lado.

Só queríamos falar da investigação, não dos beijos.

Mas é claro que uma coisa tinha muito a ver com a outra.

— Não importa o que faziam — declarei. — O fato é que ela se aliou com eles e temos que tomar alguma providência.

No entanto, Felipe só parecia interessado num detalhe.

— Como assim não importa? — indagou. — Onde vocês viram os dois? O que faziam exatamente?

— Bem, conversavam pela rua e num parque também — respondeu Helena.

— Sim, parecia que estavam conspirando — continuou Camunhas.

— Se bem que não conseguimos ouvir tudo o que diziam porque um cachorro fez xixi no aparelho de escuta — ponderou Aflito.

Felipe nos olhou fixamente.

— E o que mais?

Ficamos mudos.

Até que Toni falou:

— Bem, vamos deixar de bobagem. A Alícia e o Jerônimo Florente estavam se beijando. Não uma nem duas, mas um monte de vezes. Eles se beijavam pela rua, no parque, em todos os lugares.

Felipe ficou paralisado ao escutar aquilo.

— Vocês têm certeza? — perguntou.

Todos respondemos que sim.

— E isso foi ontem?

Todos repetimos que sim.

— Ai... — disse Felipe.

Parecia que estava com dor no estômago, no peito, algo assim.

Deu meia-volta e saiu resmungando:

— Ai, ai, ai.

— Felipe, não vai embora. Precisamos fazer alguma coisa — falei.

Mas ele se foi e parecia não nos ouvir mais.

— E agora, o que faremos? — perguntou Camunhas.

— Isso está ficando cada vez pior. Não tínhamos que ter dito nada — observou Aflito.

— Tem razão — concordou Helena. — Coitadinho, olhem como ele ficou mal.

— E é tudo culpa sua, Canela — acusou Toni.

— Eu só falei a verdade e, além do mais, quem contou dos beijos foi você, caso não se lembre — retruquei.

— Eu contei porque você é um covarde e não teve coragem — alegou Toni e me deu um empurrão.

— Ei, ei, não briguem! — pediu Helena.

— Vou dar uma surra nesse pirralho — exaltou-se Toni.

E ele veio direto na minha direção.

Eu pensei em sair correndo, mas logo cheguei à conclusão de que não ia fugir do Toni nem de nenhum outro valentão, nunca mais.

No último momento, Helena entrou no meio.

— Não! — exclamou ela. — Primeiro, porque somos os Futebolíssimos e, entre nós, não brigamos. Depois, porque temos que fazer alguma coisa pra resolver tudo isso.

— Mas o que mais podemos fazer agora? — perguntou Camunhas.

— O quê? Seguir Felipe, oras — respondi.

Eu tinha me salvado da surra do Toni por muito pouco.

No entanto, sabia que as coisas não tinham terminado ali e que ele voltaria à carga muito em breve.

Às vezes a gente faz as coisas sem pensar.

Como quando quebrei em quatro o elefante de gesso do Murilo, meu colega de classe.

Ou quando me joguei de roupa na piscina da casa dos meus tios em Alicante.

Ou quando disse que tínhamos que seguir Felipe.

Falei sem pensar.

Quem sabe assim Toni se esquecesse de vir para cima de mim.

Mas o fato é que, graças a isso, descobrimos uma coisa superimportante. Quando saímos do vestiário, Felipe entrava no carro.

Rapidamente, fomos na direção das *bikes* para segui-lo.

Eu já disse que não tenho uma.

E que, enquanto não decidirem vender bicicletas na loja em que minha mãe trabalha, acho que vou continuar sem.

Em geral, vou com Camunhas na garupa.

Naquele dia foi igual.

Subi na *bike* e me agarrei nela com força.

E, claro, começou a zoação.

— Sebo nas canelas, sebo nas canelas! — gritou Toni.

Repetiu isso um milhão de vezes, mais ou menos.

— Sebo nas canelas, sebo nas canelas!

— Cala a boca, senão eles descobrem a gente — falei.

— Sebo nas canelas, sebo nas canelas! — insistiu, morrendo de rir.

Aí Camunhas também disse:

— Sebo nas canelas!

— Mas você está do lado de quem? — perguntei.

— É que isso é muito engraçado: Sebo nas canelas! — respondeu.

E os outros também riram.

No final, até eu ri um pouco. Sou obrigado a admitir, era engraçado.

Seguimos Felipe por várias ruas. Como Sevilhota está cheia de zonas só de pedestres e obstáculos no chão para que os carros não corram muito, conseguimos segui-lo sem maiores problemas.

— Cuidado para não ser atropelado por um carro! — exclamou Aflito.

— Tá, tá — disse Toni.

Pelo menos, graças a Aflito, eles se esqueceram de mim um pouco.

Seguimos Felipe até o bar da praça.

Ele estacionou na porta.

Demos a volta para ele não nos ver e paramos as bicicletas do outro lado da praça.

— Ufa, já não aguentava mais — suspirou Camunhas.

— Se quiser, eu pedalo e você vai atrás — ofereci.

— Desculpe, mas nunca empresto minha *bike* pra ninguém. Não é nada pessoal. É que não gosto que mexam no banco, no guidão, no que quer que seja — disse Camunhas, bem sério. — Tudo bem você voltar andando?

Eu olhei para Aflito, que desviou o olhar.

Bem, não estávamos tão longe de casa assim e não eu não me importaria se tivesse que voltar andando.

De onde estávamos, vimos Felipe entrar no bar e, poucos segundos depois, sair de novo... com Alícia.

Achei que eles fossem ter uma briga horrível.

Que o Felipe começaria a gritar, e Alícia, a chorar, como nas telenovelas.

Que eles nunca mais voltariam a se falar.

E que todo mundo fosse dizer que era uma pena acabar assim.

No entanto, aconteceu justamente o contrário.

Alícia e Felipe saíram do bar...

... E SE BEIJARAM NO MEIO DA PRAÇA.

Em seguida, deram-se outro beijo.

E se abraçaram.

— Que lindo! — suspirou Helena.

Eu não estava entendendo nada.

Acho que os outros também não.

Essa coisa de beijo é muito complicada.

Felipe tinha acabado de saber do beijo de Alícia e Florente no dia anterior e, em vez de se chatear... a beijava e abraçava?

Alguém podia explicar aquilo?

— Não entendo mais nada — disse eu.

— Isso é porque você nunca beijou uma menina — provocou Toni.

E todos começaram a rir.

Eu já estava ficando cansado de tanta risada.

— E você, está rindo de quê? — perguntei a Camunhas.

— Não sei — respondeu ele, sem parar de rir.

— Então, o que vamos fazer? — indaguei.

— Eu vou embora, porque está tudo muito estranho — declarou Aflito.

— Talvez Felipe também esteja metido na conspiração dos árbitros — opinou Toni.

— Como assim o Felipe metido nisso? — falou Helena. — Dar um beijo na Alícia não significa nada.

Achei que, quando a gente contasse as coisas para ele, tudo ia se ajeitar.

Que Felipe nos ajudaria a solucionar as coisas.

Afinal, ele é adulto.

E também nosso treinador.

Mas ele só queria saber da Alícia.

Aquilo estava começando a parecer uma competição de beijos.

E assim não dava para resolver mistério algum.

A partida seria no dia seguinte.

E esta era a situação: nossos treinadores estavam suspensos e talvez metidos na conspiração para fazer os árbitros dormir; ainda por cima, não paravam de se beijar, como se fosse a única coisa que importava.

Depois tinha minha mãe, que nunca foi treinadora, mas ficaria no banco dando ordens pra gente.

Além disso, não tínhamos resolvido a questão dos árbitros, e qualquer coisa podia acontecer durante a partida.

Parecia que as coisas não podiam piorar.

Mas, sim, podiam.

Chegando em casa, dei com meus pais de cara feia.

Ao lado deles estava o treinador Chacon.

37

    Diego Armando Maradona foi um dos maiores jogadores de futebol da história. Segundo alguns, o melhor de todos.

    No final de sua carreira, no entanto, o acusaram de ter feito muitas coisas ilegais.

    De ter usado drogas.

    De ter armado jogos.

    De ter praticado *doping*.

    Quando todo esse escândalo veio à tona, Maradona não disse que era verdade nem que era mentira.

    Simplesmente falou:

    — É uma acusação muito grave.

Mais nada.

Eu estava na sala de casa e tinha, na minha frente, meus pais e, ao lado deles, o treinador Chacon.

Os três me olhavam como se fosse um criminoso.

— O senhor Chacon está dizendo que vocês invadiram a casa dele, Francisco — começou meu pai.

— Que vocês entraram sem permissão — completou minha mãe.

E os três me encararam de novo.

O que supostamente eu deveria fazer?

Confessar tudo?

Pedir desculpas?

O treinador Chacon era nosso inimigo.

Além disso, tínhamos provas contra ele:

O vidro de comprimidos para dormir.

E, o mais importante, a secretária eletrônica do Florente com sua mensagem de voz.

Olhei para ele de cima a baixo.

Depois me voltei para meus pais.

Então disse a única coisa que podia dizer num caso como esse:

— É uma acusação muito grave.

Foi isso que eu falei.

Meu pai sacudiu a cabeça.

Chacon suspirou e disse:

— Alguém precisa lhe dar bons modos.

— Me desculpe, senhor Chacon, mas eu dou bons modos ao meu filho — interveio minha mãe. — Aqui se trata de saber se ele entrou na sua casa ou não.

— A faxineira os deixou entrar porque disseram ser do meu time de futebol — explicou Chacon.

— Mentira — retruquei. — Nós só falamos que éramos "do time de futebol", sem especificar qual. Ela nos deixou entrar porque quis. Então, tecnicamente, não entramos na sua casa sem pedir licença; fomos convidados a entrar…

Assim que terminei de falar, percebi que tinha acabado de confessar. Meu pai me encarou com os olhos muito abertos.

— Francisco, eu não esperava isso de você.

— Eu também não — disse minha mãe.

— Se você me permite uma sugestão, Emílio, esse menino precisa de um castigo exemplar — falou Chacon. — Pensei em denunciá-los à polícia, ele e seus amiguinhos, mas, como você é um agente da lei, acho melhor deixar isso entre nós.

— Dessa vez você passou dos limites, Francisco! — exclamou minha mãe.

Talvez ela tivesse razão.

Termos nos enfiado na casa do Chacon para revistá-la não tinha sido um lance legal, mas era a única forma de averiguar as coisas.

Meu pai ficou calado.

Chacon coçou o nariz e disse:

— Acho que o único castigo que esses meninos entenderiam seria proibi-los de jogar a partida de amanhã.

Nesse momento, senti o chão se abrir sob meus pés. Nosso castigo seria não poder jogar a última partida do campeonato!

— Ele quer que a gente não jogue amanhã para sermos rebaixados em vez deles! — reclamei.

— Francisco, faça o favor de ficar calado, que você já aprontou demais! — repreendeu minha mãe.

— Mas é que... — tentei dizer.

— Nada de mas — interrompeu ela.

Então meu pai deu um passo à frente. Acho que nunca o tinha visto tão sério em toda a vida.

— Vamos ver se estou entendendo direito — disse. — Vocês entraram na casa do Chacon fazendo a faxineira acreditar que eram do time do Islantilha. Uma vez dentro, revistaram a casa. E, depois, quando o senhor Chacon chegou, saíram correndo.

— Mais ou menos isso — falei. — Primeiro, Camunhas, Aflito, Tomás e Oito fugiram pela janela. Eu estava revistando o andar de cima e depois saí correndo pela porta aproveitando que ele e a faxineira entraram na sala.

— E pode-se saber por que fizeram tudo isso?! — perguntou meu pai. — Ficaram malucos?!

Pensei que tinha chegado o momento de dizer a verdade, nada mais que a verdade.

Então contei tudo o que tínhamos investigado.

O que Radu havia nos contado sobre o intervalo da partida.

As mensagens da Laura e do Florente na secretária eletrônica.

Os comprimidos para dormir na casa do Chacon.

Os beijos da Alícia.

Os beijos do Felipe.

Os beijos do Florente.

— Essa coisa dos beijos a gente ainda não sabe muito bem o que significa — expliquei —, mas está claro que se trata de uma grande conspiração para o nosso time perder os jogos, cair para a segunda divisão e acabar, para o Islantilha não ser rebaixado, o Santo Ângelo ganhar o campeonato e a Associação de Pais montar um curso de violão, além de muitas outras coisas que ainda não sabemos.

Achei que depois daquilo meu pai ia interrogar Chacon.

Só que aconteceu uma coisa inesperada.

Chacon começou a rir.

E riu muito.

— Emílio, me perdoe, mas preciso ir embora.

— Pai, você vai deixar que ele vá assim, sem mais nem menos? — perguntei.

Chacon riu de novo, mais e mais.

E não parou até sair para a rua.

Quando ficamos sozinhos, minha mãe e meu pai conversaram um momento entre eles.

Depois me olharam bem sérios.

E meu pai falou:

— Francisco, você está de castigo. Amanhã não vai jogar.

O quê?!

No sábado de manhã, saí da cama apoiando o pé direito no chão.

Depois, coloquei três colheradas de cereais no leite.

Na sequência, dei sete goles no meu chocolate.

E, por último, toquei com as mãos todos os móveis da casa, um por um.

Só que não era dia de jogo.

Pelo menos não para mim.

Eu estava de castigo.

Mesmo assim, fiz tudo isso.

Não sei por quê, mas fiz.

Minha mãe disse que a acompanhasse no jogo.

— Se eu não vou jogar, quem vai pôr no meu lugar? — perguntei.

— Veremos — respondeu ela. — Temos dois reservas, então vou falar com Alícia e Felipe e tomaremos a melhor decisão para o time.

Entramos no carro e fomos embora.

Uma vez ali, vi algo nunca visto.

O campo de futebol do Soto Alto estava cheio.

Lotado.

Não cabia nem um alfinete.

Havia pessoas sentadas nas arquibancadas e muitas de pé, apoiadas nas grades, e até fora do campo.

Muita gente do vilarejo tinha vindo.

E também muitos torcedores do Santo Ângelo, que podia vencer o campeonato.

E o mais incrível de tudo: havia pelo menos uma dúzia de jornalistas.

Acho que era um recorde mundial.

Uma dúzia de jornalistas num jogo infantil do Campeonato de Futebol 7 Interescolar!

Estava claro que a história dos árbitros adormecidos tinha chamado muita atenção.

Logo que desci do carro, deparei com toda aquela gente nas arquibancadas.

Gritando.

Com bandeiras.

Como se fosse pouco, tinham colocado um enorme placar eletrônico atrás de um dos gols, especialmente para aquela partida.

Ao que parece, havia sido pago pelos comerciantes de Sevilhota.

As pessoas falavam que um jogo como aquele precisava de patrocinadores.

Então colocaram o placar eletrônico no campo.

Além do resultado do jogo, iam ser exibidas propagandas das lojas da cidade.

Vendo as pessoas, as bandeiras, o placar eletrônico... Vendo tudo aquilo, só pude pensar uma coisa: eu estava impedido de jogar.

Ao entrar no vestiário, cruzei com Helena.

— Ontem à noite mandei uma mensagem pra você — disse ela.

— Ontem à noite eu não pude ver nenhuma mensagem, nem fazer ligações, nem ver tevê, nem fazer nada de nada — expliquei.

— E por quê? — perguntou Helena.

Minha mãe apareceu atrás de mim e respondeu:

— Ele está de castigo. Por isso.

Vendo minha mãe muito séria, Helena decidiu não falar mais nada.

Ali também estavam Felipe, Alícia e todos os outros.

Minha mãe contou para os dois que eu estava de castigo. E, depois de os três conversarem bastante, Felipe nos disse que tinha uma coisa para falar.

— Venham aqui — pediu.

Todos nos aproximamos dele.

— Alícia quer falar com vocês — anunciou.

— Em primeiro lugar, quero que saibam que não estou chateada por terem me seguido — começou ela. — Em segundo lugar, muitas coisas aconteceram nas últimas semanas que agora não têm importância, mas o caso é que Felipe e eu... Bom, que Felipe e eu...

— São namorados ou não? — perguntou Marilyn.

E todos nós desatamos a rir.

— Isso não é da sua conta! — disse Felipe.

— É normal que tenham curiosidade — interveio minha mãe. — Se até eu mesma quero saber...

E outra vez todos nós rimos.

— Bem, sim, somos namorados — respondeu Alícia —, mas isso é o de menos... Eu tinha muitas dúvidas, porque Felipe não se decidia e havia outra pessoa que também estava por perto, mas não está mais...

— Florente! — soltou Camunhas.

— Claro, vocês se beijavam tanto que parecia que iam se afogar! — exclamou Tomás.

Mais risos.

— Não, não, não foi exatamente assim — desculpou-se Alícia, olhando para Felipe. — Quer dizer, houve beijo, talvez mais de um, não vou negar, mas o fato é que eu estava muito perdida...

— Só que isso foi há três dias ... — argumentou Toni.

— Tá, tá — falou Alícia —, mas em três dias muitas coisas podem acontecer. Agora está tudo claro e essa história do Florente ficou para trás. Felipe e eu somos namorados, ainda que isso não seja da conta de vocês.

— Como não é da nossa conta? — disse Marilyn. — Ultimamente vocês estavam insuportáveis, sem se decidir.

— Isso é verdade — assumiu Felipe. — Nisso vocês têm toda razão.

Alícia ficou um pouco nervosa.

— Bom, mas já passou — afirmou. — Assunto encerrado. E agora vamos ao terceiro e último ponto, que é o mais importante. Muitas coisas aconteceram nas três últimas semanas. Perdemos dois jogos fundamentais. Dois árbitros caíram no sono. Houve muitos fatos estranhos. Mas isso tudo também já passou. Agora somos só nós e o Santo Ângelo. Eles vão jogar pelo título do campeonato e nós, por algo muito mais importante...

— Evitar de sermos rebaixados — completou Oito.

— De acabar o time — emendou Anita.

— Não — disse Alícia. — Vamos jogar para que algum dia, daqui a muitos anos, possamos nos lembrar de que hoje jogamos com um verdadeiro time. Tanto faz se ganharmos ou perdermos. A única coisa que importa é que no futuro a gente se lembre dessa partida e possa dizer: "Jogamos como um verdadeiro time". Unidos. Sem brigas. Sem ciúmes. Sem medos. Somos um time. Quando entrarmos no campo, vamos demonstrar isso. Combinado?

E estendeu sua mão no meio da gente.

Nós nos olhamos, surpreendidos.

E colocamos as mãos sobre a dela.

Até mesmo minha mãe.

— Estamos juntos? — perguntou Alícia.

— Sim! — gritamos todos.

— Vamos jogar como um verdadeiro time?

— Sim!

— Muito bem — disse ela. — Agora saiam para o jogo.

E façam tudo o que Joana disser; afinal, hoje ela é a nossa treinadora.

— Exatamente! — exclamou minha mãe.

Todos saíram para o campo gritando e fazendo muito barulho.

Felipe olhou para mim e perguntou:

— E você, o que está fazendo aí sem uniforme?

— É que estou de castigo.

— Ande, vá se trocar. Mesmo que não jogue, temos que estar todos juntos.

Então pus correndo o uniforme e saí para o campo.

O primeiro tempo contra o Santo Ângelo foi incrível.

Quando entramos no campo, nos demos conta de quanta gente havia.

Se somássemos os espectadores de todos os jogos do ano, provavelmente não chegariam aos que estavam lá naquele dia.

Havia jornalistas, câmeras de tevê, gente fazendo fotos e vídeos com celulares.

Estavam todas as nossas famílias.

Tinha vindo quase o vilarejo inteiro.

E, claro, também compareceram nossos "amigos" Chacon e Jerônimo Florente.

Estava todo mundo ali menos uma pessoa.

Meu pai.
Eu fiquei no banco dos reservas.
No meu lugar, jogou Oito, que estava muito contente.
A partida começou e aconteceu uma coisa incrível: jogamos muito bem.
Fazíamos boas defesas.
Passávamos a bola.
Pressionávamos o adversário.
Estávamos jogando melhor que nunca.
Em equipe.

Os jogadores do Santo Ângelo se olhavam como se dissessem:

"O que está acontecendo aqui? Eles não são os últimos do campeonato e nós os primeiros?".

Mas naquele dia o mundo estava de pernas para o ar.

Nós parecíamos os primeiros e eles, os últimos.

Começamos dominando o jogo.

Se houvesse um placar como aqueles da tevê, com certeza teríamos uma porcentagem de posse de bola de 60% ou mais.

E nós é que fazíamos mais chutes a gol.
Toni tinha mandado a bola duas vezes rente à trave.
Helena fez o goleiro suar.
E Marilyn esteve a ponto de marcar de cabeça.
Até Oito tinha arrematado uma vez de fora da área.
Eu teria adorado jogar.
Os jornalistas tiravam muitas fotos e gravavam vídeos.
Mas não das jogadas dos times.
Não.
O tempo todo fotografavam e filmavam o árbitro.
Estavam bem mais preocupados com ele que com a partida em si.
Acho que esperavam que ele caísse no sono a qualquer momento, assim teriam uma boa história para contar.
Nas arquibancadas, as pessoas aplaudiam e gritavam sem parar.
Tudo ia muito bem.
A não ser por uma coisa.
Não conseguimos fazer gol.
E, no futebol, como se sabe, não adianta nada jogar muito bem se não se faz gol.
Faltava muito pouco tempo para o intervalo.
Tomás desviou a bola...
O azar foi tanto que ela quicou nas costas de Aflito.
E ficou no meio da nossa área.
Camunhas saiu do gol correndo.

Mas não chegou a tempo.

O número 9 do Santo Ângelo avançou duas pernadas e deu um tremendo chute.

A bola saiu em disparada.

Camunhas estava fora do gol e não conseguiu fazer absolutamente nada.

A bola foi pelo meio e balançou a rede.

GOOOOOOOOOOL.

Do Santo Ângelo.

Desde o início do jogo, eles tiveram apenas uma oportunidade. E fizeram um gol.

Santo Ângelo, 1. Soto Alto, 0.

E assim chegamos ao final do primeiro tempo.

40

Todos estavam de cara feia no vestiário.

Apesar de termos feito um primeiro tempo tão bom, estávamos perdendo.

Como podia ser?

Ninguém dizia nada.

Minha mãe coçava a cabeça.

— O que fazemos agora, treinadora? — quis saber Toni.

— Espera, espera, estou pensando — falou minha mãe.

— Posso chorar ou pega muito mal? — resmungou Aflito.

Alícia e Felipe entraram no vestiário sorrindo, parecendo muito contentes.

— Estão felizes por quê? Pelos beijos? Porque são namorados? — perguntou Camunhas.

— Porque vocês jogaram melhor que nunca — respondeu Felipe.

— Estou muito orgulhosa de vocês — completou Alícia.

— Tá, tá, mas estamos perdendo — reclamou Tomás.

Ele tinha razão.

— De que adianta jogar bem se perdemos? — lamentou Marilyn.

— Vou dizer a vocês — disse Felipe. — Adianta para que seus familiares, amigos e todos os outros digam "Que time bom!", e não "Que horror!". Adianta para que a gente aprenda a se comportar como um grupo unido, que nunca se rende. E, o mais importante, adianta para que vocês mesmos se deem conta de que, se ajudarmos uns aos outros, podemos conseguir qualquer coisa que quisermos.

Dito assim, soava muito bem.

Mas...

A gente estava perdendo!

— Agora — disse Alícia —, vamos às substituições.

— Que substituições? — estranhou Helena.

— Então, as substituições do time — explicou ela, como se fosse a coisa mais natural do mundo —, se a treinadora concordar, claro.

— Por mim, perfeito! — exclamou minha mãe, mas eu acho que ela não sabia o que estava falando.

Alícia explicou que, como agora éramos um verdadeiro

time, precisávamos demonstrá-lo. Portanto, todos nós iríamos jogar.

— Mas todos-todos? — perguntou Camunhas.

— Absolutamente todos — respondeu Felipe.

— Eu não posso, estou de castigo — disse eu.

— Bem, achamos que o castigo já foi suficiente e você não vai pensar em invadir a casa de ninguém de novo — falou Felipe.

— Nunca mais! — afirmei prontamente.

— Além disso — acrescentou Alícia —, se você está de castigo, outros também deveriam estar.

Camunhas, Aflito, Tomás e Oito desviaram o olhar, como se a coisa não fosse com eles.

— Joana, você tem a última palavra — continuou Alícia. — Gostaríamos que todos jogassem hoje. O que acha, tudo bem para você?

Minha mãe pensou por um segundo.

Olhou para Anita.

Depois para mim.

E respondeu:

— Creio que sim.

Eu ia jogar no segundo tempo!

Pensei que tirariam Oito. Era o mais lógico.

No entanto, Alícia disse que, para demonstrar que éramos um verdadeiro time, queria que dois voluntários se oferecessem para sair no segundo tempo. No lugar deles, entraríamos eu e Anita.

— Como assim voluntários? — perguntou Helena.

— Sei que todos querem jogar — respondeu Alícia —, mas não vamos tirar ninguém à força. Queremos que dois voluntários deixem suas posições para Canela e Anita. Essa é a melhor prova de que somos um verdadeiro time.

Ninguém disse nada. Nem se mexeu.

Que história era aquela de dois jogadores deixarem suas posições pra gente?

Isso era totalmente impossível.

Mas, então, para minha surpresa, Helena declarou:

— Tudo bem, eu fico de fora.

O quê?!

— Nem pensar! — exclamou Camunhas. — Você é a melhor goleadora do time. Eu saio.

— De jeito nenhum, você é o goleiro! — argumentou Marilyn. — Melhor eu sair.

— Nada disso, você é quem mais corre e faz a melhor defesa — retrucou Tomás. — Eu saio.

Oito falou:

— Não, não! Todo mundo sabe que o melhor é eu ficar de fora.

— Deixa disso, Oito, você vai sair na única partida do ano em que está jogando? — observou Aflito. — Estou com um pouco de dor de cabeça. Melhor eu sair.

Todos haviam se oferecido como voluntários!

Bem, todos menos um.

Toni.

— Ótimo — disse Felipe. — Temos seis voluntários e só precisamos de dois. Então faremos o que fazem os verdadeiros times de futebol...

— Sortear?

— Votar?

— Fazer um debate?

— Nada disso — respondeu ele. — Vamos deixar o treinador tomar a decisão.

Felipe olhou para minha mãe e acrescentou:

— Joana, você decide.

— Eu? — perguntou ela, um pouco assustada.

— Claro, você é a treinadora.

Minha mãe ficou pensativa.

Finalmente, começou:

— Que enrascada! Mas, se tenho que decidir, vamos lá.

— Primeiro sairá Aflito; não é por nada, filho, mas, como você está com dor de cabeça e, além disso, um pouco cansado, acho que vai ser melhor.

Aflito soltou um suspiro.

Não estava claro se de alívio ou de tristeza.

Com ele, nunca se sabe.

— Anita, embora você seja goleira reserva, não vai se incomodar de jogar na posição do Aflito, certo? — perguntou minha mãe.

— Claro, jogo onde mandar a treinadora — respondeu ela.

E minha mãe estufou o peito, orgulhosa.

— E a segunda substituição? — indagou Felipe.

— Essa não está muito clara... — disse minha mãe. — Mas, bem... o segundo a deixar o time será... o Toni.

— Hein? Como assim?! Eu eu nem me ofereci como voluntário! — reclamou.

— Precisamente por isso — afirmou minha mãe.

Toma!

Eu ia entrar e jogar no lugar do Toni!

Dá-lhe, mãe!

Toni passou do meu lado e murmurou:

— A mamãezinha tira o melhor jogador para que entre o filhinho.

Mas eu não estava nem aí para ele. Eu ia jogar, tentar ajudar o time no segundo tempo.

A gente se preparava para sair para o campo quando ouvimos vozes e gritos.

O que aconteceu?

Alguém exclamou:

— O árbitro dormiu!

41

Dessa vez, ele não tinha dormido no campo.

Dessa vez, o árbitro havia caído no sono dentro do vestiário.

Tentamos ver o que estava acontecendo.

E era a mesma coisa que das outras vezes.

O árbitro tinha adormecido de repente.

Sem nenhum motivo aparente.

— A conspiração — afirmou Camunhas.

— Isso é impossível de deter — comentei. — Estão todos envolvidos.

Olhei para Jerônimo Florente, à porta do vestiário do árbitro, pedindo a todos os presentes que fizessem o favor de não se amontoar.

— Abram espaço, por favor — dizia ele.

Laura, a mãe da Anita, também estava por lá, representando a Associação de Pais. Achei que ela e Florente se olhavam de modo suspeito, mas não pude ter certeza porque a confusão era muita.

O médico disse o que todos já sabiam:

— Ele está dormindo.

Não era nada grave.

Não estava doente.

Dormia, simplesmente.

E não havia jeito de acordá-lo.

Como aquilo podia ter acontecido de novo?

Mandaram a gente ir para o campo e esperar.

Não nos permitiam ficar ali.

Assim que entramos no gramado, notei que Chacon continuava nas arquibancadas.

E parecia muito contente.

Talvez fosse porque nosso time estava perdendo e isso garantia a salvação do Islantilha.

Ou quem sabe fosse por causa do árbitro.

Ninguém se dava conta de que aquilo era uma armação?

Os jornalistas foram arrancados à força do vestiário e também tiveram que esperar no campo.

Agora tiravam fotos de tudo e de todos, como se qualquer detalhe pudesse ser importante.

Então eu percebi que, mesmo com dois policiais ali montando guarda, meu pai ainda não tinha aparecido.

Onde ele teria se enfiado?

A partida mais importante do ano e ele por aí, fazendo patrulha em Sevilhota, onde nunca acontece nada.

— Todas as medidas foram tomadas para que isso não

voltasse a acontecer — explicou Florente aos jornalistas —, mas, pelo visto, isso não foi suficiente. O importante agora é que as crianças terminem o jogo. Os protagonistas aqui são eles, não os árbitros.

Esperamos um bom tempo.

Então aconteceu o que todos nós temíamos.

Pelo portão, surgiu Rubens Gordilho.

O árbitro reserva.

— Vim correndo — disse ele.

E os jornalistas começaram a lhe fazer perguntas.

— Depois, por favor — pediu. — Agora tenho um jogo para apitar.

Dito e feito.

Em poucos minutos, já estávamos posicionados para começar o segundo tempo.

Perdíamos dos primeiros do campeonato.

E o árbitro era Gordilho, que vinha fazendo nossa vida impossível.

Certamente não era o que se chamaria da melhor situação do mundo.

ESTOU PRESTES A CHUTAR ENTRE AS PERNAS DO GOLEIRO, MAS ELE SAI COM OS PÉS PARA A FRENTE.

E ME DÁ UMA RASTEIRA QUE ME FAZ IR PELOS ARES.

TODO O ESTÁDIO SE LEVANTA.

E EU FICO CAÍDO NO CHÃO, MORRENDO DE DOR.

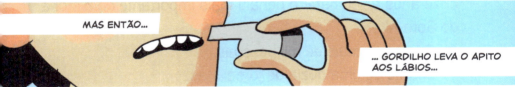

43

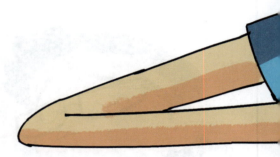

Eu me chamo Francisco Garcia Casas. Acabo de fazer onze anos e vou bater o pênalti mais importante da história do Soto Alto.

Diante de mais de mil pessoas.

Diante de uma dúzia de jornalistas.

Eu perdi os últimos cinco pênaltis que cobrei.

E estou bem nervoso.

Quando você perdeu cinco pênaltis seguidos, a única coisa que vem à sua cabeça é:

"Você vai perder".

"Com certeza."

"Você vai perder."

"É melhor não bater."

Mas Alícia e Felipe ficam de pé nas arquibancadas e começam a bater palmas e a gritar:

— Canela! Canela! Canela!

Um monte de gente da cidade se levanta e diz também:

— Canela! Canela!

Então não tem mais jeito.

Eu pego a bola, a coloco na marca do pênalti e me posiciono para bater.

É o pênalti mais importante da história do Soto Alto.

Nós estamos perdendo.

Corremos o risco de acabar como time.

Se eu fizer o gol, talvez a gente tenha uma chance.

Olho ao redor.

Helena faz um aceno com a cabeça como quem diz: "Você consegue".

Olho para Gordilho, o inimigo número um do nosso time, que, no entanto, apitou o pênalti. Vamos ver se agora ele vai inventar alguma coisa esquisita e o anular.

Mas não.

Ele faz um gesto e apita.

Tenho que bater.

Os gritos de "Canela! Canela!" nas arquibancadas aos poucos vão desaparecendo.

Silêncio total no campo.

Encaro o goleiro.

E me lembro do que minha mãe disse sobre cobrar na direita ou na esquerda e todo aquele negócio.

Penso no Mutuca.

Qual a probabilidade de que o goleiro se jogue à direita se eu bater à esquerda?

Uns 50%, suponho.

Mas o goleiro está ali, bem no meio.

Claro! Não são 50%!

Porque os goleiros quase sempre se jogam à direita ou à esquerda.

Não podem ficar parados.

É mais forte que eles.

É sua natureza.

Decidido.

Começo a correr.

Meto o pé debaixo da bola...

E chuto bem no meio do gol.

Como Ronaldinho Gaúcho.

Como Pirlo.

Como Sergio Ramos.

Como alguns dos grandes jogadores de todos os tempos, que bateram pênaltis importantíssimos no meio do gol e bem devagar.

Enquanto bato na bola, vejo que o goleiro se joga.

Não importa se à direita ou à esquerda.

O importante é que se atirou.

E a bola entra devagar e limpa no gol.

GOOOOOOOOOOOOOOOOOOOOOOOOOOOL.

Desta vez, sim, sim!

Converti o pênalti.

Fiz um gol.
Santo Ângelo, 1. Soto Alto, 1.
As pessoas nas arquibancadas ficam loucas.
Gritam.
Abraçam umas às outras.
Pulam.
— Caneeeeeeeeela! Caneeeeeeeeela!

Os gritos podem ser ouvidos em toda a região.

Uma vez na vida as coisas deram certo.

E ainda temos todo o segundo tempo para fazer outro gol e ganhar a partida.

Há chance de conseguirmos.

Só não contávamos com o que aconteceria a seguir.

44

Estávamos no nono minuto do segundo tempo.
O jogo continuava 1 a 1.
Atacávamos com tudo.
Poderíamos fazer outro gol a qualquer momento.
Porém entrou em campo alguém que ninguém esperava.
Não estou falando de um jogador.
Nem de um treinador.
Nem sequer de um árbitro.
Entrou...
... um carro da polícia municipal.
Conduzido pelo meu pai.

A viatura invadiu o campo e parou bem no meio dele.

A porta se abriu e meu pai desceu.

— Emílio! Posso saber o que você está fazendo? — gritou minha mãe do banco. — Os meninos estão jogando melhor do que nunca e seu filho fez um gol de pênalti!

— O que eu estou fazendo? É muito simples: vim prender o culpado que pôs os árbitros para dormir.

Meu pai disse isso com muito orgulho.

Estufando o peito.

Como se fosse uma espécie de Sherlock Holmes.

Só que, em vez de Londres, estávamos em Sevilhota.

Todos os olhares se voltaram para meu pai.

À espera do que ele ia dizer.

— Pai, você vai prender Florente e Chacon e todos os cúmplices, né? — perguntei.

— O que você está falando, menino? — exclamou da beira do campo Jerônimo Florente, arqueando bem as suas sobrancelhas.

— Você não quer que o time do seu amigo Chacon seja rebaixado. Além disso, Chacon está confabulando com Laura, que é a presidente da Associação de Pais, e todos querem que o nosso time perca, caia para a segunda divisão e deixe de existir — falei de uma vez só.

— Exato — continuou Camunhas, pondo-se ao meu lado. — A gente esteve investigando essa semana e descobriu isso e muitas outras coisas que é melhor não contar, porque a conspiração pode chegar muito longe.

Rumores e murmúrios vieram das arquibancadas.

Todo mundo começou a fazer comentários em voz baixa.

Com exceção da mãe da Anita, que se levantou muito irritada e falou:

— Filha, você tem alguma coisa a ver com essas besteiras? Se sim, vamos agora mesmo para casa. Eu já sabia que esse negócio de futebol não ia dar certo... Uma conspiração, é o que diz esse moleque aí...

— Senhora, cuidado, eu poderia contar muitas outras coisas... — respondeu Camunhas.

— Meninos, fiquem quietos! Um pouco de respeito, ora — alertou Chacon.

— Acho que estou enjoado... — resmungou Aflito.

— Bem, Emílio — disse Florente. — Chegou a hora de você falar alguma coisa, não?

Meu pai deu dois passos à frente e afirmou:

— Vim prender o culpado, e é exatamente o que eu vou fazer agora.

Todos o olharam com grande expectativa.

— Antes de mais nada, quero dizer ao meu filho que ele e seus amigos se enganaram quanto aos culpados, mas não em uma coisa: alguém drogou os árbitros e esse alguém está entre nós.

Nesse momento, meu pai se aproximou do culpado e declarou:

— Está preso por atentado contra a saúde pública em três ocasiões, com os agravantes de injúria e premeditação.

45

Rubens Gordilho.
O árbitro reserva.
De acordo com meu pai, ele era o culpado.
Gordilho engoliu em seco.
E disse:
— Eu não sei do que está falando, senhor policial.
Todos ficamos de boca aberta.
GORDILHO?
MAS COMO?
E POR QUÊ?

— O senhor não tem nenhuma prova — contestou ele.

Meu pai se aproximou do Gordilho.

— Quando meu filho Francisco disse que tudo isso só poderia ter sido feito por alguém para tirar proveito, pensei que Chacon era uma opção óbvia demais, assim como Jerônimo — explicou ele. — Mas logo comecei a pensar em qual seria o elemento comum aos três casos.

Qual?

— O árbitro reserva, claro! — continuou meu pai. — Nos três jogos, apareceu este rapaz franzino, com cara de intelectual, que se aproveitou do contratempo dos seus colegas para ocupar o lugar deles, quando na verdade não tinha esse direito.

— Vocês não têm nenhuma prova! — insistiu Gordilho.

— Não sei se sabem, mas Gordilho é um aluno excelente — disse meu pai.

— Com muito orgulho — falou o próprio. — Estou no quarto ano de química e sou dos melhores da turma.

— Exatamente — concordou meu pai. — Seu desempenho é notável. Algo perfeito para este caso.

Tudo se encaixava: Gordilho fazia faculdade de química. A situação ideal para elaborar uma substância que colocasse os árbitros para dormir.

— A primeira coisa que eu pensei foi que, graças aos seus conhecimentos de química, você elaborou um sonífero que pudesse ser misturado na água e não fosse perigoso — continuou meu pai. — Mas você sabia que assim acabariam por detectá-lo. Então usou isto.

Meu pai mostrou uma barra de sabão.
Sabão?!
De novo, um rumor percorreu as arquibancadas.
Todo mundo se levantou para ver aquilo.
Meu pai exibiu a pequena barra de sabão a todos os presentes. Em seguida, explicou que, graças à colaboração de Radu, responsável por cuidar do campo e do equi-

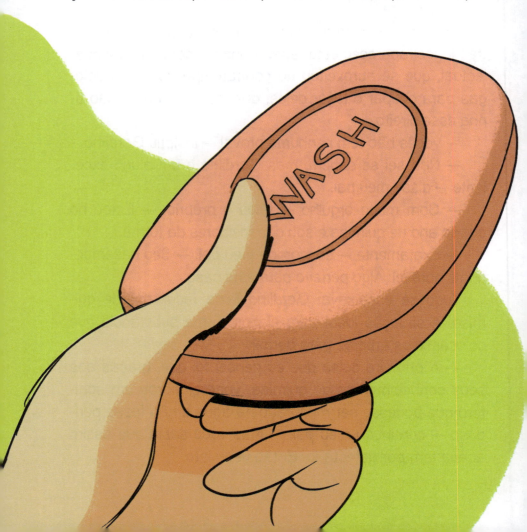

pamento do Soto Alto, ele pôde descobrir que alguém havia colocado uma barra de sabão no vestiário do árbitro.

— Eu a mandei para análise esta manhã, e repare, Gordilho: no relatório eles encontraram um tipo de barbitúrico que até então desconheciam. Não deixa rastro, mas tem efeito imediato ao entrar em contato com a pele — esclareceu meu pai.

Ele tinha drogado os árbitros com sabão!

Tudo se encaixava.

Gordilho era estudante de química e tinha criado um sabão com uma substância que, em contato com a pele, fazia os árbitros dormirem.

— Você é um gênio, Gordilho — disse meu pai.

— E também um bom árbitro! — exclamou Gordilho. — Todos vocês viram! Não sei por que a federação tem me marginalizado! O ano inteiro como árbitro reserva, quando sei mais de futebol que esses tontos aí, que apitam jogos todo fim de semana!

— E o que isso tem a ver? — perguntou Camunhas.

— Tudo — defendeu-se Gordilho. — É uma verdadeira injustiça.

Florente se levantou e explicou a todos que as designações de árbitros dependiam de um comitê independente, que levava em consideração os resultados de exames físicos e psicológicos.

— E a verdade, Gordilho, é que nas provas físicas você é uma calamidade — revelou Florente.

Todo o campo.
Os espectadores.
Os jogadores.
Os treinadores.
Absolutamente todo mundo cravou os olhos em Gordilho.

O árbitro reserva que tinha feito seus colegas dormirem para que não apitassem os jogos.

Para conseguir seus minutos de glória.

— Muito bem — disse Gordilho aos jornalistas. — Vocês já podem me entrevistar. Estavam perdendo tempo essas semanas com os árbitros adormecidos, que são uns ignorantes, em vez de falar com o único e verdadeiro protagonista de toda essa história: eu.

Ao que parecia, Gordilho apreciava entrevistas e fotos.

Não desejava ser apenas árbitro.

Também queria ser famoso.

— Talvez algum dia você seja reconhecido como químico — falou meu pai —, mas sua carreira de árbitro termina aqui. Você está preso.

Meu pai e os outros dois policiais colocaram Gordilho na viatura. Ele não parava de gritar que era o melhor árbitro da federação.

E que voltaria a apitar.

— Ah, e se quiserem me entrevistar vão agora mesmo à delegacia! — berrou antes de entrar no carro.

Meu pai apertou minha mão ali, diante de todos.

— Bom trabalho, Francisco — disse ele. — Graças a

você, conseguimos resolver o caso. Se não fosse pela sua insistência, certamente não teríamos continuado a investigar.

Então, entrou na viatura.

E foi embora com a sirene ligada.

Ia cumprimentando as pessoas de dentro do carro.

— E agora? — perguntou Camunhas.

Todos nós nos fazíamos a mesma pergunta.

O que aconteceria com o jogo?

Florente tomou a palavra:

— Já que não há árbitro nem árbitro reserva, a partida fica suspensa até segunda ordem.

Suspensa?

Mas se estávamos lutando para não cair e tudo o mais...

Quando íamos jogar?

— No devido tempo — disse Florente.

Mas a coisa não acabou por aí.

Quer dizer, a partida de fato foi suspensa.

Entretanto ainda aconteceu uma coisa terrível naquela manhã.

Uma coisa muito mais grave que a história dos árbitros adormecidos.

Algo que eu nunca vou esquecer.

Certamente foi a pior coisa que me aconteceu na vida.

46

    Eu já falei que haviam posto um placar eletrônico novo e reluzente no campo.
    Um placar enorme.
    Até então ele informava o resultado do jogo.
    Bem, e exibia propagandas também.
    Mas, de repente, puseram uma coisa bem diferente.
    Logo que meu pai foi embora, o placar começou a piscar.
    A imagem tremia.

Até que apareceu uma pessoa na tela.
Diante de toda a cidade.
E essa pessoa era Canela.
Ou seja, eu.
Alguém deu *play* no placar e eu comecei a falar, olhando para a câmera:

— Helena é uma menina muito... bonita e muito simpática e joga muito bem futebol... e eu... bem... eu gosto dela... Não é que eu goste muito, mas... tá bom, sim, eu gosto dela... e esta noite temos um encontro no campo de futebol e eu estou um pouco nervoso. Tá bom assim?

Achei que ia cair duro ali mesmo.

Todas as pessoas que estavam no campo, exceto duas, começaram a rir.

Quem mais ria era Victor, meu irmão, claro.

Era ele o responsável pela exibição do vídeo.

Estava gargalhando, como se fosse a melhor piada da história mundial das piadas.

Mais de mil pessoas riam sem parar.

Até mesmo minha mãe.

E então todos começaram a gritar:

— De novo! De novo! De novo!

A um sinal do meu irmão, repassaram o vídeo.

— Helena é uma menina muito... bonita e muito simpática e joga muito bem futebol... e eu... bem... eu gosto dela... Não é que eu goste muito, mas... tá bom, sim, eu gosto dela...

Voltaram ao início e colocaram mais vez.

E assim foi, quatro vezes.

Era como se repetissem uma jogada em câmera lenta.

Só que a jogada era eu, com cara de bobo, dizendo que gostava da Helena.

Quanto mais vezes viam, mais as pessoas riam.

Helena olhou para mim e também riu.

Até Aflito caiu na gargalhada.

Só duas pessoas não riam.

Uma era eu, claro.

E a outra era... Toni.

Ele estava sentado no banco de reservas. E de cara bem fechada. Então pensei que, se Toni não gostava daquilo, talvez não fosse tão ruim para mim.

Foi isso o que pensei.

Embora eu, claro, preferisse que não tivessem colocado aquilo no placar gigante.

47

Naquela noite, a notícia saiu em todos os noticiários.

Três árbitros adormecidos em três jogos.

E o culpado era um árbitro reserva, que fazia faculdade de química.

Falavam em detalhes do barbitúrico.

E do sabão.

E de tudo o que Gordilho tinha inventado para poder apitar três partidas.

Ou melhor, três metades de partida.

— É a minha paixão — afirmou ele em uma entrevista para o telejornal.

Sim, sim. Saiu até no telejornal!

— Mas por que um estudante com excelentes notas como você — perguntou o apresentador — foi se meter nesse esquema? Para ficar famoso?

— Provavelmente as pessoas não vão acreditar em mim, mas não é por isso — respondeu Gordilho. — Eu amo futebol, gosto mais de futebol que de química e de qualquer outra coisa. Como não sou bom jogador, quero ser árbitro para pelo menos participar de alguma forma. Foi por isso que fiz o que fiz.

De repente, comecei a ir com a cara do Gordilho.

Se era verdade o que ele dizia, a gente tinha muito em comum.

— Ele não vai ficar preso? — perguntou minha mãe.

A família toda jantava enquanto via tevê.

Meu pai disse que não.

Era um delito leve; além disso, Gordilho não tinha nenhum antecedente.

— No máximo, leva uma multa e talvez tenha que fazer trabalhos sociais para a comunidade — explicou meu pai.

— Acho que vou entrar para a escola de árbitros também — disse meu irmão.

Era o que me faltava.

Meu irmão, árbitro!

Esperava que ele não fosse aceito.

— Escute, pai — falei. — Você não podia ter esperado vinte minutos para entrar em campo e prender o Gordilho? Assim a gente teria terminado o jogo.

— Nisso o Francisco tem razão — observou minha mãe. — vinte minutos a mais ou a menos...

Meu pai tossiu, ficou bem sério e afirmou:

— Quando um agente da lei tem que fazer justiça, não há um minuto a perder.

— Bobagem — resmungou minha mãe.

E acabou a conversa.

Continuamos jantando e vendo tevê.

Nos dias seguintes, aconteceram muitas coisas.

Alícia e Felipe iam de mãos dadas a todos os lugares.
E se beijavam na frente de todo mundo.
Eram oficialmente namorados.
Mas isso não significava que não discutissem mais.
Na real, parecia que discutiam mais que nunca.
Já falei que não dá para entender essa coisa de beijos...
Chacon, por sua vez, admitiu que no intervalo do nosso jogo contra o Islantilha tinha ido ao vestiário do árbitro.

Só que não para adormecê-lo nem para envenená-lo, e sim para falar com ele e pressioná-lo, porque não estava apitando as faltas e seu time estava sendo prejudicado.

Não é uma coisa legal falar com o juiz no intervalo, mas não é crime.

Quanto a Florente, ele explicou que a mensagem deixada para Chacon na secretária eletrônica não tinha nenhum mistério.

Nela, dizia apenas que estava preocupado com a questão dos árbitros, porque tinha saído um pouco do controle.

E, segundo ele, a mesma mensagem havia sido deixada para todos os treinadores da federação.

Pelo visto, era verdade, pois Alícia confirmou ter recebido uma mensagem bem parecida.

Sobre a relação entre Alícia e Florente, ainda havia muito a dizer.

Para começar, Florente parecia triste desde que ela havia oficialmente se tornado namorada do Felipe.

Diziam até que talvez ele se demitisse da Federação de Futebol 7.

Mas quem acabou pedindo demissão foi Laura.

A mãe da Anita.

Ela se demitiu de tudo.

Deixou de ser presidente da Associação de Pais.

Afirmou que nunca tinha sido contra o futebol, ainda que ninguém acreditasse.

E também se demitiu do seu casamento.

Bem, não sei se dá para falar assim.

O fato é que ela se separou do marido, o pai da Anita.

Não era a primeira vez que os pais de um aluno se divorciavam, mas nesse caso todo mundo comentou.

Coitada da Anita.

Logo descobrimos que ela e sua mãe foram morar com Chacon.

Laura tinha sido líder da associação que queria acabar com nosso time de futebol e agora vivia com um treinador.

Anita disse que Chacon era superlegal com ela.

Que ele já tinha perdoado a gente por ter invadido sua casa e seu escritório.

E que ia parar de tomar comprimidos para dormir. Não precisava mais deles, porque estava muito feliz com Laura.

E a notícia mais importante de todas.

Agora que tínhamos ficado tão famosos por causa dos árbitros adormecidos, aparecendo até em todos os noticiários, o colégio decidiu manter o time de futebol 7, acontecesse o que acontecesse.

Decisão por unanimidade.

Dessa vez, meu pai votou.

Era uma notícia excelente.

Ganhássemos ou perdêssemos o jogo contra o Santo Ângelo, o time continuaria.

A partida seria retomada no sábado seguinte.

Ainda teríamos vinte minutos para jogar.

Agora restava saber se cairíamos para a segunda divisão ou não.

Na noite antes do jogo, recebi uma mensagem pelo WhatsApp:

"Nos vemos no campo de treinamento à meia-noite".

Era Helena, convocando os Futebolíssimos.

48

Estava muito escuro.

E eu estava no meio do campo.

Pensava no pênalti que tinha marcado quando ouvi uma voz atrás de mim:

— Grande passe que eu dei pra você, hein?

Olhei para trás e vi Helena.

— O quê?

— No jogo, logo depois do início do segundo tempo, roubei a bola e dei um excelente passe em profundidade pra você — disse ela. — Foi aí que marcaram o pênalti.

— Sim, o passe não foi nada ruim — falei —, apesar de que eu tive que driblar o time todo.

Helena sorriu.

— Foi a melhor jogada do ano — afirmou — e também o melhor pênalti do ano.

— Obrigado.

— Posso fazer uma pergunta pra você, Canela?

— Claro, o que quiser.

Embora estivesse muito escuro, eu podia ver perfeitamente Helena me encarando com seus olhos enormes. Fiquei um pouco nervoso.

— De tudo o que aconteceu no dia do jogo, qual foi seu momento favorito? — perguntou ela.

Por essa eu não esperava.

— Bem...

Eu me lembrei de quando tinha entrado no campo para jogar e visto toda aquela gente tremulando bandeiras e gritando. Aquele tinha sido um bom momento.

Também pensei na jogada que fiz, driblando todo mundo, um momento único.

Claro, me lembrei de Gordilho apitando o pênalti.

E de quando eu fiz o gol, óbvio.

Pensei até naquele momento em que meu pai entrou com o carro de polícia no meio do campo, que também tinha sido muito bom.

— Bem, não sei — respondi. — Acho que quando fiz o gol foi um momento bem emocionante.

— Sim, foi muito bom — disse ela. — Mas meu momento favorito foi outro.

— Ah, é?

— Meu favorito foi... foi quando você apareceu no placar dizendo aquelas coisas.

Senti que ficava vermelho da cabeça aos pés. Tive tanta vergonha que não sabia o que fazer, nem o que dizer, nem sequer o que pensar. Por isso falei:

— Sim, sim.

Isso foi tudo o que eu disse: "Sim, sim".

Não tenho a menor ideia de por que disse isso nem o que significava.

Talvez "sim, sim" quisesse dizer algo como: "Isso que eu falei no placar de que gostava de você foi porque meu irmão me obrigou, ou seja, não era mentira, mas também não era uma coisa que eu diria por mim mesmo, você entende?".

Sim, sim.

E, como eu não sabia o que falar, perguntei:

— Escuta, onde estão os outros?

— Quem? — perguntou Helena.

— Camunhas, Aflito... os outros Futebolíssimos.

— Ah, imagino que eles estejam em casa — respondeu ela. — É muito tarde para andar por aí, né?

Mas então...

... ela tinha mandado a mensagem só para mim!

Agora, sim, eu estava ficando muito mais nervoso.

— Bem, amanhã vai ser muito importante, né? — comentei, tentando aparentar calma.

— Nem tanto — disse ela. — No fim das contas, já sabemos que não vão acabar com o time do colégio. Se ganharmos, vamos jogar na primeira divisão; caso contrário, na segunda. Pra mim, tanto faz.

    Enquanto ela falava, eu só conseguia pensar que estávamos os dois sozinhos ali, no campo, à meia-noite, e que Helena tinha uns olhos enormes, era a garota mais bonita do 5º A e de todas as turmas de 5º ano do mundo e, além disso, jogava futebol superbem... Ao pensar nisso, senti um calor correr pelo corpo todo.

    — Canela, você já beijou uma menina?

    Nesse momento, eu achei que ia cair desmaiado.

— É... bem... não muito.
Não muito?
O que eu estava dizendo?
Eu queria beijá-la?
Ou sair correndo?
A verdade é que eu não sabia.
E então ela me disse:
— Vem aqui...
Na verdade, foi ela que se aproximou de mim.

E me deu um beijo.
Na boca.
Um beijo de verdade.
Helena tinha me beijado.
A mim.
Vou repetir caso alguém não acredite:
Helena me deu um beijo no campo de futebol à meia-noite.
Nada mais importava.
O jogo.
Os árbitros.
Os pênaltis.
De repente tudo parecia muito distante.
Eu só conseguia pensar no beijo.

Era uma sensação muito estranha.

Não sei como dizer, não existe nada que se pareça com isso.

Olhei para Helena e perguntei:

— Podemos repetir?

Ela riu como se eu tivesse contado uma piada.

Mas eu falava sério.

— Outro dia, Canela — respondeu ela.

E subiu na bicicleta.

— Já está muito tarde e amanhã temos jogo — disse.
— Claro — concordei.

Helena sorriu e foi embora, pedalando.

Eu agora sabia qual era meu momento preferido dessa história.

Voltei andando para casa.

Ainda que pudesse ter ido voando.

Porque sentia como se fosse capaz de flutuar.

No dia seguinte, jogaríamos contra o Santo Ângelo.

E muitas outras coisas ainda iam acontecer.

Os Futebolíssimos viveriam em breve uma das maiores aventuras da vida.

Fontes: Layout e Princetown
Papel: Offset 90 g/m²